JN035079
Infinite Dendrogram
インフィニット・デンドログラム
14.〈物理最強〉
海道 左近
イラスト タイキ

『Form Shift
黒翼 水鏡
Black Mirror』

そうしてネメシスが変じたのは、
一対の翼のような
鏡縁を備えた丸い鏡だった。

復讐乙女　ネメシス
上級エンブリオver.

〈Infinite Dendrogram〉
-インフィニット・デンドログラム-

14.〈物理最強〉

海道左近

HJ文庫
901

口絵・本文イラスト　タイキ

Contents

接続話　ファーストコンタクト

□■二〇四三年八月・皇都ヴァンデルヘイム

地球にて〈Infinite Dendrogram〉がリリースされて間もない頃。

七大国家の首都では、運良く品薄のハードを手に入れてログインしたばかりの新規プレイヤー達が、興奮冷めやらぬまま街を行き交う様子が散見された。

皇都の住人は、左手の甲に卵型の宝石……あるいは紋章を持つ者達の増加を不思議に思ったが、受け入れていた。〈マスター〉という存在は、歴史の中で周知されていたからだ。

ただ、そうして人目を引く者達がいる一方で、人の目に留まらない者もいる。

それはヤマアラシの体格とハリネズミに似た容姿をした獣だった。

マントを身に着けているものの、体格に対して大きいので引きずって歩いている。

頭上にモンスター名の表示がないために誰かがテイムしたものだろうと思われ、道行く人々もさほど気に留めていない。

『…………』

獣は自分に向けられる僅かな視線も厭わしげに、通りを逸れて歩いている。

誰も注目しないが、獣がマントで隠した体……肩の部分には、新規プレイヤー達が着けている宝石――第〇形態の〈エンブリオ〉が装着されている。

獣は……彼女はモンスターではなく、〈マスター〉だ。

あえて獣の容姿を選び、この皇都に降り立った。

「ふぅん」

そうして歩いていると、一人の女性の声が彼女の耳に入った。

彼女は最初、その声は偶々耳に入ったものだと思っていた。

「貴女、どうして動物のフリをしていますの？」

『！』

けれど、発言の内容は明らかに彼女を指したものだった。

彼女が咄嗟に声の方に振り向くと、そこには金髪をロールにした女性が立っていた。

「うん、やっぱりそうですわね」

何かを分析するようにそう言う女性の左手の甲には、宝石も紋章もない。

それはゲームのＮＰＣのはずだが、……彼女はとてもそうは見えない。

『……誰？』

彼女はつい、話すつもりのなかった普通の言葉遣いで問いかけてしまう。

獣の姿をした彼女の問いに、金髪の女性は驚くこともなく答える。

「私の名前はクラウディア。貴女は？」

『……………ベヘモット』

少し悩んで、彼女はアバターのネームを名乗った。

「じゃあベティとでも呼べばいいのかしら？」

『……それはやめて』

リアルと同じ愛称を避けてくれるように頼んだ。

もうリアルでは呼ぶ者がいないことを、思い出してしまうからだ。

ベヘモットが〈Infinite Dendrogram〉にログインした理由は、人に触れあわずに出歩くため。動物の姿であればゲーム内でも関わる者はいないと考えたからだ。

そのはずだったのに、クラウディアはベヘモットを人と見抜いて接してきた。

「お茶でもしませんこと？　貴女に興味がありますわ」

声をかけ、そんな風に誘ってくる彼女が不思議で……ベヘモットは誘いに乗った。

『……ティーカップは持てないけれど』

「レジェンダリアの妖精人種用の小さなティーカップもありますわ」

彼女と言葉を交わした時点で、ここをゲームとは思っていなかったのだろう。

茶会の席でクラウディアはベヘモットに聞くよりも先に、自分のことをよく話した。

自分が皇族の端くれであること、同時に皇国屈指の戦闘要員であり、街を歩いていたのは増えてきた〈マスター〉の調査のためだったこと。

そして、ベヘモットがとても気になって声を掛けたこと。

『……わたしが一番変わってたから？』

「容姿ではそうですわね。それが理由ではありませんけれど」

『？』

「そろそろ、私からも一つだけ聞きますわ」

『なに？』

「どうしてこの国を選んだんですの？　他の〈マスター〉の言によれば、選べる国は七つ。であれば、皇国を選んだ根拠があるのでしょう」

『…………』

問われて、少し悩んだ。皇族だという彼女に話していいのかと。

しかし結局は構わないと判断して、口を開く。

『――壊したときに一番気分が晴れそうな街並みだったから』

「――ですわね。貴女、そんな顔をしていましたもの」

物騒なベヘモットの言葉に対し、クラウディアは驚く様子もなくそう述べた。

なるほどとベヘモットは納得した。クラウディアがベヘモットに声を掛けた理由は……新規の〈マスター〉の中でベヘモットが一番の危険人物に見えたからか、と。

『……こんな顔だけど分かるの？』

「分かりますわ。私も同じ気分になることがありますもの」

『お姫様なのに？』

意外そうにベヘモットが尋ねると、クラウディアは微笑みながら……しかし笑声の一つもなく答える。

「背負っているものが煩わしくなることもありますの。本当は大切な一つだけに専念していたいのに、境遇と立場が絡み合って自縄自縛。時折、束縛を壊してしまいたくなる」

クラウディアはそう言って、少しの暗い感情と共に息を吐く。

「煩わしい何もかもを終わらせて、一つだけを目指す環境を得る。……もしかすると、先代もこんな気分だったのかしら？」

クラウディアの独り言の意味は、ベヘモットには分からない。

分かったのは、クラウディアの言葉が嘘一つない本音だったということ。

そして、彼女と自分が少しだけ……似た者同士ということだ。

「とは言っても、私は彼ほど無責任にはなれないのですけれど」

『大変そうだね』

「ええ。大変ですわ。手伝ってくれる友人が欲しい程度には」

『?』

ベヘモットが首を傾げていると、クラウディアが彼女の小さな手を握った。

「ベヘモット。お友達になりませんこと？　強くなって私を手伝ってくださいな」

『――――』

ベヘモットには、〈Infinite Dendrogram〉で人と関わる気がなかった。

リアルで人間にうんざりしていたし、群衆を見ると踏み潰したくなる。

この世界を訪れたのも、単に……出歩くという感覚を思い出したかっただけ。

そんな彼女の初志からすれば、クラウディアの申し出は論外。

『……わたしが強くなるかは分からないよ？』

けれど、ベヘモットの口から出た理由は初志ではなかった。

なぜだろうか、ベヘモットはクラウディアとの関わりを煩わしいとは思わなかった。

接した時間は短いはずなのに、亡くなった父親に次ぐ親しみを感じてさえいる。

あるいはクラウディアがベヘモットの本質的な望みを察していたように、ベヘモットも本能の部分でクラウディアという人間を感じていたからかもしれない。

『まだ〈エンブリオ〉も生まれてないし、すごく弱っちいかもしれないよ』

「きっと誰よりも強くなりますわ」

クラウディアはベヘモットの肩……誕生前の〈エンブリオ〉を優しく撫で、

「――そんな顔をしている」

――一瞬だけ、別人のような表情でそう告げた。

◇◆

その日、二人の少女は友人となった。

それが、後に〝物理最強〟と呼ばれる〈マスター〉が生まれる切っ掛けだった。

第十話 ガードナー獣戦士理論

□【聖騎士(パラディン)】レイ・スターリング

講和会議は決裂(けつれつ)し、両国は戦闘状態に突入(とつにゅう)した。

皇国側の講和会議参加者との戦闘は、予(あらかじ)め王国側も想定していた。

最重要警戒(けいかい)対象である【獣王(キング・オブ・ビースト)】ベヘモット。

同じく〈超級(スペリオル)〉の【魔将軍(ヘル・ジェネラル)】ローガン・ゴッドハルト。

ライザーさん達を強襲(きょうしゅう)した【兎神(ザ・ラビット)】クロノ・クラウン。

そして全権代理人である【衝神(ザ・ラム)】クラウディア・L・ドライフ。

四人の特記戦力だけでなく、未知の戦力を排(はい)する方策も。

それこそが扶桑先輩(ふそうせんぱい)が初手で使用した《月面除算結界・薄明(はくめい)》と《絶死結界》の重ね技(わざ)。

合計レベル六〇〇以上……超級職(スペリオル・ジョブ)でなければまず生存できないコンボで、〈エンブリオ〉が不明な皇国側の上級を軒並(のきな)み排除(はいじょ)した。【魔将軍】までもデスペナルティになったのは、王国側としても事前の想定とは異なる幸運だった。

【獣王】のレヴィアタンも、兄が単独で受け持ってこの場から離している。

そして懸念事項だった【兎神】も仕掛けてくる気配がない。あるいは同様にこの場にいないトムさんが、話していたとおりに押さえてくれているのかもしれない。

結果、この場にいる皇国戦力はクラウディアと【獣王】の二人だけ。


――つまりは、皇国で最も恐ろしいティアンと〈マスター〉がここにいる。


どこかで行われている兄とレヴィアタンの戦いの余波が議場を揺らす中、俺達は向かい合って沈黙している。

一触即発。既に戦いの宣言は行われ、いつ動き出すかも分からない。

そうなったとき、最初に死ぬのは……【獣王】に啖呵を切った俺かもしれない。

『……させぬさ。相手が最強と呼ばれるものであろうと、私がさせぬ』

ネメシスの言葉は、心強かった。

周囲では〈デス・ピリオド〉のメンバーと〈月世の会〉が、奴の動きに備えている。

ルークは既に《ユニオン・ジャック》を発動させ、リズベースで物理攻撃が効かない鋼魔人へと融合している。

マリーもアルカンシエルを必殺スキル行使の形態に変形させ、既に装填済み。

先輩も【マグナム・コロッサス】を纏い、いつでも《天よ重石となれ》や必殺スキルを使えるように構えている。

月影先輩は既に影の中に潜っているし、他の俺が知らない〈月世の会〉のメンバーもそれぞれに備えている。〈月世の会〉の中には全体にバフを掛けている人達もいて、俺達のステータスはかなり上がっていた。

そして扶桑先輩自身も、無言のまま既に状況を動かしている。

さっきまでは『合計レベル』を対象としていた《月面除算結界・薄明》が、今は『AGI』を対象としていることが《看破》で分かる。

《薄明》ではかつて俺や〈K&R〉と戦ったときのように体機能は落とせず、ステータスに限定されるらしいが……それでもAGIを六分の一にすれば大きく変わる。

それも含めて、万全の態勢。

俺自身も第四形態と《シャイニング・ディスペアー》を使用可能。

これ以上なく、俺達の準備はできている。

「…………っ」

だと言うのに……冷や汗が流れる。

俺はこれまでに自分よりも強く、巨大な怪物と幾度も戦ってきた。【ガルドランダ】、【ゴウズメイズ】、【ＲＳＫ】、【モノクローム】、【ギーガナイト】、【ヴァスター】。

だが、分かってしまう。

眼前の、小動物にしか見えない【獣王】が、その全てよりも強大なのだと。

戦慄したまま、こちらから動き出す機会を掴めぬまま、数分のような数秒が流れる。

だが、その短時間で生じた疑問がある。

なぜ、【獣王】から動き出さないのか。

その答えはきっと、【獣王】自身ではなく……。

「アルティミア！　私、いいことを考えましたわ！」

二対八七で向かい合う最中、そう言って手を叩いたクラウディアにあるのだろう。

手を叩く音に動きかけて、辛うじて自制する。

「……何かしら？」

唐突なクラウディアの言葉に、アズライトが応じた。

「私達がここにいるとベヘモットの邪魔になりますわ。王国の〈マスター〉も貴女を守りながらでは大変でしょう？　何より、私達の久しぶりの仕合に邪魔が入るのは嫌ですわ。

「ですから、場所を移しませんこと？」

笑顔でそう言ったクラウディアに、俺は一瞬呆気に取られそうになった。

あるいは眼前の【獣王】から注意を逸らすための言葉かとさえ考えたが、【獣王】はクラウディアの方を見たまま動いていない。

そんな中、扶桑先輩が首を横に振りながらクラウディアに反論した。

「……いやいや、ちょい待ち。そないしたらあかんよ。そう言って連れ出した先に別働戦力が置いてあって、まんまと攫ったりするんやろ？　見え見えの罠やん」

扶桑先輩の言葉は理に適っている。皇国側が護衛戦力として提示し、連れて来たメンバーは把握されているが……皇国にはまだ〈超級〉が二人残っている。

あのフランクリンか、俺も知らないマードック・マルチネスという人物。

そのどちらかが秘密裏にアルティミアが来るのを待ち伏せていた場合、王国は詰む。

「貴女の意見は聞いていませんけれど、懸念はもっともですわ。けれど、心配は無用」

クラウディアはそう言って、アイテムボックスを手にし、その中から一つの……彼女よりも巨大な機械を取り出す。

「私達の戦いの舞台は、誰からも見えて、そして誰も手出しできない場所」

それは、翡翠色の人工馬だった。

「あれは……」

翡翠色を見た瞬間に、一つの名が脳裏に浮かぶ。

それはあのカルチェラタンで、マリオさんから聞いていたこと。

名工フラグマンの五騎の煌玉馬の中で、皇国内で出土したもの。

風の双角馬、【翡翠之大嵐】。

「――空で、思う存分シアイましょう。アルティミア」

クラウディアはそう言って【翡翠之大嵐】に跨り、――遥か上空へと飛翔した。

マリーや先輩、それに月影先輩が制しようと動いたが、咄嗟に割り込んだ【獣王】によって阻まれる。

だが、【獣王】は王国側の動揺を機に攻撃しようとはしていない。

ただ、アズライトの意思を問うように見続けるだけ。

「そういう、ことか……！」

上昇するクラウディアを見て、理解した。クラウディアは、かつて俺が【モノクローム】とやりあったような……生物の到達できない高度一万メートルオーバーの高空でアズライトと戦うつもりなのだ、と。

たしかにあそこならば、そうそう邪魔は入らない。

モンスターを主戦力とするフランクリンも、戦車使いだという【車騎王】も、そして皇国側で最強の【獣王】も空を自由に飛ぶことまではできないはずだ。（フランクリンならば高空に対応したモンスターを作る可能性はあったが、そちらに能力を割いたモンスターならば恐らくアズライトの敵ではない）

《真偽判定》に反応があったと誰も言わない以上、クラウディアは本心から一対一の戦いを望んでいるのだろう。

加えて、王国側が【セカンドモデル】の量産を行っていることから、アズライトならば同じ舞台で戦えると踏んでいる。

もっとも……オリジナルである【翡翠之大嵐】と量産機である【セカンドモデル】の性能差も、考慮してのことかもしれないが。

「クッ……！」

最悪なのは、追わなければ王都のテロを止める唯一の鍵に逃げられること。

王都のテロを止める術がクラウディアからの停止命令しかない現状、彼女の身柄は確保しなければならない。

追って来なければそこで高みの見物をし、【獣王】が俺達を倒し切るのを待つ。

あるいは俺達が【獣王】に勝利すれば……そのまま皇国まで飛んで逃げる。あの上昇速度で飛ばれては、追いつくことは難しい。

つまり、ここでクラウディアを追わない限り、【獣王】との勝敗に関わりなく王都のテロは止められなくなる。

『悪辣だのぅ。……そもそもあんな高空で戦うなど、一歩間違えば落下死ではないか。我らも【モノクローム】との戦いで一度そうなりかけた』

あるいはそれもクラウディアの誘導なのかもしれないと考えたが、……俺にも分からない。一度はクラウディアの罠を看破できたが、今はもうその思考についていけない。

俺にとって、最早クラウディアは人の形をした人でないもののように見えている。

これは罠かもしれないが……。

「……行くしかないようね」

アズライトは、既に覚悟を決めている。

たとえ罠であっても、それしか道がないのならば行くのだと。王国を、そして王都で危機に晒されている妹達を守るために、……彼女は死地で親友と戦うことを決意していた。

「……アズライト」

そんな彼女に対して、俺がしてやれることは二つだけだ。

一つは、この場で【獣王】と戦うこと。もう一つは……。

「シルバー！」

俺の声に応え、アイテムボックスから俺の愛馬であるシルバーが飛び出す。

「レイ？」

「乗るならシルバーにしとけよ。オリジナル相手に、【セカンドモデル】だと不利だろ？」

シルバーもまた煌玉馬の一騎、【白銀之風】。

オリジナルとして名が知れた五騎ではないが、マリオさんの話によればこいつもまたフラグマン自身が手がけたオリジナルの一つ。

正式採用外の試作機か実験機らしいが、それでもあの【翡翠之大嵐】と空中で騎馬戦をやるのならば、確実に劣る【セカンドモデル】よりも良い筈だ。

「……いいの？」

「ああ。……どの道、【獣王】との戦いではシルバーに乗れないからな」

彼女がシルバーで空に上がるのと同時に、俺達もまた【獣王】との決戦の火蓋を切ることになるだろう。

そして【獣王】との戦いは――シルバーでない方が良い。

だからシルバーをアズライトに預けることは、俺達と彼女……双方の勝算を少しでも高めるためには必須のことだ。

「あ、そうや」

俺がアズライトにシルバーの手綱を預けていると、

「なら普通に【セカンドモデル】に乗っていって、レイやんもシルバーで付いてけばええやん。二対一で勝てるんやない？　なんならうちが相乗りして三対一でもええし！　楽勝や！　あ！　いっそ【セカンドモデル】持ってる全員でいけばええ！　超楽勝や！」

扶桑先輩が……そんな台無しな発言をした。

「…………」

……きっと俺に限らず、アズライトや〈デス・ピリオド〉の仲間達も、『彼女なら悪辣さで皇国に勝るかもしれない』と考えたことだろう。

『…………solo』

が、その提案は【獣王】のたった一言の、しかしそうでありながら『そっちの姫様一人に決まってるじゃん。バカなこと言ってると暴れだすよ。待ちくたびれたよ、がおー』という雄弁な意味を含んでいる（ように感じられる）言葉で遮られた。然もありなん。

しかし、ここで飛び立つ前のアズライトをどうこうするつもりはないらしいが、それは雇い主であるクラウディアの意向に従っているだけか。

あるいは、【獣王】にとっても『周囲を気にせずに戦える』という環境が望ましいのか。

護衛対象に気を取られず、殺害してはいけない相手に気を遣わず、一切の制約なく力を振るえる環境で、俺達と戦うことを……望んでいるのか。

「いいわ。私一人で行く」

アズライトはそう言って、シルバーに跨り……俺を見た。

「シルバー、少し借りるわね……レイ」

「ああ。お互い、戦いの後に……また会おうぜ」

そうして言葉を交わすと……アズライトはシルバーの手綱を振るい、走らせる。

アズライトが、クラウディアの待ち受ける空へと駆け上っていくのと同時に、

『Set』

猛獣の枷が外されたように、【獣王】が動き出した。

その姿は、一瞬で異なるシルエットに様変わりする。

心臓の上など、要所のみに鎧代わりに張られたタイル状の装甲。

手足をペット用靴下のように覆う帯。

両前足の横に浮いた、三日月状の半透明な刃。

両手足にピッタリと嵌ったリング。

それと、首から提げられた布の小袋。

「…………」

一見しただけでも、それらが特典武具やそれに近いレベルの代物である事が分かる。

また、それらの装備変更が一括で行われたことから《着衣交換》を使用したのだとも分かる。演劇での衣装の早変わりや、普段着から戦闘装備への変更を一瞬で行うための装備スキル。それが意味することは……。

「さっきまで、普段着でここに立っていたってことか……」

それは舐められていた、ということであり……。

今はもう――最強装備で相対する敵と見られているということだ。

『――Start』

その一言を残して、【獣王】の姿は掻き消えて、――直後に血風が舞った。

人間であったものが、肉の破片と血の霧、光の塵になって空気中にばら撒かれる。

それは俺達の後方、集まって来ていた〈月世の会〉のメンバーだったもの。

彼らだった血の霧に残された軌道と、新たに血の霧に変わり続ける犠牲者だけが、俺達に【獣王】の動きを教えている。

「はや、ゴフッ⁉」

「バカな、月夜様のスキルでAGIは下がっているはず……ぐぁ⁉」

俺には、結果しか見えていない。

だが、この悲鳴と驚愕の中、数多の命を刈り取りながら【獣王】は駆け続けている。

〈月世の会〉のメンバーも【ブローチ】は装備しているはずだが、それが意味をなしているようには見えない。【ブローチ】を無効化する装備でも使っているのか、あるいは俺には一撃すら見えない連打で砕いているのか。

いずれにしても、これ以上ないほどに鎧袖一触、そして縦横無尽という言葉を体現しながら【獣王】は血風の中を駆けている。

あるいは、獣王無尽とでも言うべきか。

『――《てまねくカゲとシ》』

彼らの足元の影が蠢き、月影先輩が【獣王】を捉えようと動く。

だが、外から見ていても分かるほど……影は【獣王】に追いつけていない。

月影先輩以外のメンバーが必殺スキルで対応しようにも、周囲の味方を巻き込みかねない状況に使用を躊躇っているようだ。

「――巻き込んでもかまへんから、使い」

だが、彼らの躊躇は扶桑先輩の一言で消え失せる。

自分の周辺に向けて、それぞれが必殺スキルやジョブの奥義を解き放つ。

閃光と爆発が幾重にも重なって、〈月世の会〉のメンバーの間で炸裂し続ける。

それらが晴れた時、〈月世の会〉のメンバーは誰一人として残っておらず。

――【獣王】だけは、当然のようにそこに生きて立っていた。


『clear』

『掃除は済んだ』と、前足についた傷を舐めながら【獣王】はそう言った。

その言葉と、〈月世の会〉のメンバーだけを片付けて俺達……〈デス・ピリオド〉や扶桑先輩、月影先輩に攻撃を続けて仕掛けてこないことで、俺は察した。

【獣王】は意図的に俺達だけを残して、一度足を止めた。

〈月世の会〉のメンバーを優先した理由は恐らく、扶桑先輩が先に皇国側の〈マスター〉を一掃したことと同じ。未知戦力の排除だ。

扶桑先輩や月影先輩は言うまでもなく、マリーや先輩もPKとして名が知れている。

俺とルークもフランクリンの事件や、先の【魔将軍】戦で把握されていたのだろう。

だから、情報がなく、何をしてくるか分からない〈月世の会〉のメンバーを先に倒そうという戦術をとったのだ。

『……あるいは、ケーキのイチゴを最後に取っておく感覚かもしれぬの』

デバッファーであり、速度を六分の一に抑えている扶桑先輩にまでも手を出さないことから、後者の可能性が高いかもしれない。純粋に勝利のみを追求するならば、扶桑先輩を最初に殺すだろうし、今も立ち止まりはしないだろうから。

『余裕の表れ……ということかの』

そうかもしれないし、あちらにも理由があるのかもしれない。

……いずれにしても、【獣王】にとって〈月世の会〉のメンバーとの戦いは、本命ではなかった。戦う前の、状況の整理に過ぎなかったのだ。

至極あっさりと八〇人ものベテランを葬り去り、彼らの身を挺した最後の抵抗の真っ只中にあっても掠り傷一つを負ったのみ。

あまりにも、〈マスター〉としての格差がありすぎる。

しかも俺には……格差そのものが、《看破》で見えてしまっている。

ベヘモット
職業：【獣王】
レベル：一一五七（合計レベル：一六五七）
HP：八二〇一五（+二三六五〇〇五〇）
MP：三三五三（+〇）
SP：四九〇二一（+〇）
STR：一〇〇五五（+二一六九〇〇）
AGI：一五三二五（+二一〇〇五九）→三七五六四
END：九九八七（+二三二〇二〇）
DEX：一五〇三（+一〇五八）
LUC：一二五（+一〇〇）

《看破》したステータスに、ありえないほどの数値が上乗せされている。
《薄明》で六分の一になっているAGIすら、当然のように音速の数倍。
寒気がするほどのステータスの格差。

ジョブで得られるステータスとしては、ありえないほどの爆発的上昇。

この変貌について、俺はかつて先輩から聞き、そして兄に教えられた。

「これが、ガードナー獣戦士理論、か……！」

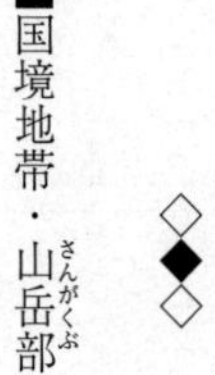

□■国境地帯・山岳部

それは低く、けれど巨大な轟きだった。

地平線の果てから果てまでを揺らすような、空気の振動。

まるで巨大な爆弾でも爆発したかのようなその音は、しかし火薬によるものではない。

巨大な何かを打ちつけあうような、激突音。

重なる土砂崩れの音が小さく聞こえるほどのそれは、二つの巨影によって為されていた。

講和会議の議場から一〇キロ以上離れた地平線の先で、二つの巨影が激突する。

第一の巨影は、機械の巨神。

全身に火力の発射機構を備えた、兵器の一つの終着点。

しかし今は拳(こぶし)を握り締(し)め、武術家の如(ごと)くその力を振るう存在。

巨神の名は、バルドル。

【破壊王(キング・オブ・デストロイ)】が〈超級エンブリオ〉の、戦神艦迫撃決戦形態(フル・オフェンスモード)。


第二の巨影は、怪獣(かいじゅう)の女王。

背にヤマアラシの如き棘(とげ)を生やした、太古に滅(ほろ)びし恐竜(きょうりゅう)が如き姿。

なれど四肢(しし)は如何(いか)なる怪物よりも隆々(りゅうりゅう)とした、暴力の権化(ごんげ)。

女王の名は、レヴィアタン。

【獣王】が〈超級エンブリオ〉の、単独全力戦闘形態(ソロ・フルパワーバトルモード)。


一〇〇メテルを超(こ)す巨大な両者が、山岳を破壊(はかい)しながら互いの手足を叩き付(つ)け合う。

バルドルの巨拳(きょけん)が打ち合ったレヴィアタンの右手を砕けば、速度と手数に勝るレヴィアタンの左手がバルドルの胴(どう)を打つ。

真っ向勝負。純粋な暴力の激突を、神話と見紛(みまが)う域にまでクローズアップした両者の激突は……地平線の果てまでも世界を揺らす。

（……やはり、単独でも今の俺とは五分に近いか）

バルドルを駆って戦うシュウは相手の手応えに自らの予測が正しいと判断した。

現在のシュウが動かすバルドルと五分、ただそれだけで……レヴィアタンの規格外の程が分かる。

なぜなら、バルドルはかつて【グローリア】と戦ったときよりも遥かに強化されている。

《無双ノ戦神》によって戦神艦迫撃決戦形態へと変形したバルドルの性能は、シュウのSTRに応じたものとなる。

現時点のシュウの素のSTRは約一八万。

最も強化度合いの低いAGIですら九万に達し、ENDは一八万、そしてSTRは倍化して三六万という破格の数値に至っている。

HPも八桁に達し、純粋に殴り合うならば神話級であろうと相手にはならない。

【魔将軍】のかつての切り札であった強化神話級悪魔でも対抗できない領域だ。

しかし、レヴィアタンはそのバルドルと……互角に戦っているのである。

〈マスター〉不在の状態で、必殺スキルを行使したバルドルと。

『ＧＡＡＡＡＡＡＨＨＨＨ!!』

レヴィアタンの猛攻を受けたバルドルの装甲が軋むが、返す刀でバルドルの上段蹴り——木断がレヴィアタンの首に激突する。

並の神話級であればそれで首が外れてもおかしくはない一撃だったが、レヴィアタンは皮膚を破られながらも首の骨は健在だった。

人外の域どころか神話の域をも超えかねない戦いだというのに、両者の力が拮抗しているためにまるで人間同士の殴り合いのようにすら見える。

（……必殺スキルを使用したこっちと五分。その理由は、〈エンブリオ〉の方向性か）

戦いながら、シュウは彼我の戦力が拮抗している理由について把握していた。

【怪獣女王　レヴィアタン】は、ことステータスにおいて最大のガーディアンだ。

なぜなら、彼女はステータス以外のほぼ全てを投げ捨てている。

唯一、〈エンブリオ〉が絶対に得ることになる必殺スキルだけを有し、他は全てのリソースをステータスに……ＨＰ、ＳＴＲ、ＡＧＩ、ＥＮＤという物理的なステータスと肉体のサイズにのみ集中した。

なぜなら、それが彼女の〈マスター〉の願いの根幹だったから。何もかもを撥ね除けてしまう純粋で物理的な力を、それで彼女を守る者をこそ求めていたから。

ゆえに、レヴィアタンは最大の力を持つ。

STRだけはバルドルが勝るだろう。

しかし、HP、END、AGIはレヴィアタンが上回っている。HPは二〇〇〇万を優に超えているであろうし、STR、END、AGIはいずれも二〇万に達している。

恐らくは、ただ移動するだけで国一つ滅ぼすことも容易(たやす)い怪物。

それほどの領域に至った最大の理由は、リソースの一点集中である。

無限強化、強制弱体化、空間操作など、〈超級エンブリオ〉として本来持ちえるはずだった超常(ちょうじょう)の力を一切持たず、ただステータスにのみ注(つ)ぎ込んだ結果だ。

物理的にこれを上回るガーディアンは存在しない。

メイデンの特性である強者殺し(ジャイアントキリング)に相反するようだが、違(ちが)う。

これもまた、強者殺しの一つの極致(きょくち)。

誰よりも強大であれば、あらゆる強者を殺せるという暴論の権化。

むしろ、互角であることに驚愕すべきはバルドルである。

【破壊王】のバルドルは純粋ではない。広域火力、弾薬(だんやく)製造、水陸両用移動、変形と多くの機能を抱えたがゆえに強化幅は小さく、純粋なステータスにのみ特化したレヴィアタンに必殺スキルを使ってもなお届かない。

多機能に過ぎるバルドルが、必殺スキルを用いたとはいえ純粋な力の権化に対抗できている方が、むしろ異常であった。

(異常なのは……〈エンブリオ〉ではなくその〈マスター〉)

人ならざる姿で暴力を振るいながら、レヴィアタンは内心で感心していた。この姿になった自分とこれほどに打ち合えた存在など、彼女の知る限り二つしかないのだから。

(速度はこちらが大きく勝るのに、動きを読んで被害を抑えつつ打ち込んでくる。しかしそれは木っ端の技ではなく、純粋な力の最適な活用。なるほど、瞠目するとはこの事か)

レヴィアタンはそのことに驚くと共に、楽しみすら覚えていた。

互角ではあるが――むしろ彼女の方がダメージは大きいと言うのに。

(このままいけば、今の俺でも勝てるが……)

シュウはこのまま戦った場合の彼我のダメージと結果を予想する。

総合ステータスで、バルドルはレヴィアタンに劣っている。

だが、相手に最も劣るAGIをシュウ自身の格闘センスと先読みで補い、逆に相手に勝るSTRでの打撃を的確に打ち込んでいる。バルドルのボディにもダメージは蓄積しているが、より多くを受けているのはレヴィアタンだ。

この先、戦いの要所でバルドルに内蔵された各種兵装を使用すれば、より優位に戦闘を運べるだろうが、レヴィアタンには対抗して戦術の幅を増やす術がない。単独で使用できるスキルが一つとして存在しないからだ。

レヴィアタンは〈エンブリオ〉の中でも最大のステータスを持つ。

だが、あえて言おう。

レヴィアタンは〈エンブリオ〉で最大のステータスを持つが、決して最強ではない。

なぜなら、〈エンブリオ〉や〈UBM〉の強さとは固有スキルの強さ。世界すら捻じ曲げかねない特異能力を前に、ステータスが極端に高いだけでは見劣りもする。

しかも通常のスキルさえ有していないのならば、ただの物理攻撃しかできないということだ。古典的なRPGで言えば、ステータスがMAXでも『たたかう』しか使えるコマンドがないようなもの。手の打ちようはいくらでもある。

ゆえに最大のステータスを持っていても、最強には決してなり得ない。

「……ッ」

しかしこの戦場、押されているのはレヴィアタンであったが——焦燥を覚えているのはシュウだった。

シュウにしてみれば、一秒でも早くレヴィアタンを倒さなければならないのだから。

そうでなければ、最悪の結果になることを……シュウは知っていた。

『あちらは木っ端ばかりです』

怪獣の姿のまま、くぐもった声でレヴィアタンが言葉を述べる。

『ですが、あなたを抑えるためにベヘモットもギデオンから動けませんでした。きっと久しぶりの思いきり動ける機会を楽しんでいることでしょう』

「……そうかい！」

シュウはレヴィアタンの言葉に応じながら、バルドルの打撃を打ち込む。

『こちらもこんなに戦える機会は……本当に久しぶりです。ベヘモットの遊びが終わるまで、こちらも楽しみましょう』

ダメージを負いつつも、しかし倒されるまでにはまだまだ体力が有り余っているレヴィアタンは……笑っていた。

対照的な二人だが、その理由は同一。

【獣王】ベヘモットこそが、シュウの焦りとレヴィアタンの余裕の理由。

【獣王】の〈エンブリオ〉であるレヴィアタンは、最大であれど最強ではない。

だが、彼女達に与えられた二つ名は……〝物理最強〟。

最大が最強と化す鍵。それこそが、ガードナー獣戦士理論である。

ガードナー獣戦士理論と呼ばれるビルドは、初期から中期へと移り変わる頃の〈Infinite Dendrogram〉を席巻した。

当時、規格外の〈超級エンブリオ〉と天井知らずの超級職はほとんどが〈マスター〉の手にはなく、最上位層は上級職カンストと上級の〈エンブリオ〉であった。

即ちそれは常識的な強さの探求時代。

最強を目指すためのビルド構成の探求が最も活発であった。

その中では多くのビルド構成の理論が生まれた。

野伏初撃必殺理論、生贄MP特化理論、【ジェム】生成貯蔵連打理論。様々なビルドが〈Infinite Dendrogram〉の内や、外の掲示板・コミュニティで討論の議題となった。

そうして生まれた数多の理論の中で、『最強』と太鼓判を押されたのがガードナー獣戦士理論だった。

獣戦士系統は、ティアンのみの時代にはさほど注目されてはいなかった。

ステータスの伸びも低く、スキルも固有スキル一つしかない。かの【死兵】ほど極端ではないが、強くなるために選ぶジョブではなく、レジェンダリアの一部の部族が慣習として就くジョブに過ぎなかった。

【獣戦士】の唯一の固有スキルである《獣心憑依》は、『従属キャパシティ内のモンスターの元々のステータスを自身のステータスに足す』というスキルだった。

足せるステータスの割合はスキルレベルによって異なるが、上級職である【獣戦鬼】が最大のレベル一〇まで上げても、割合は六〇％が限度だった。

そして獣戦士系統はその固有スキルに反して、従属キャパシティは異常に小さい。

まともなモンスターを運用しようとすれば、それこそ獣戦士系統以外を従魔師系統等で埋める必要がある。

しかしその結果、戦闘で有用なスキルを取れる幅が狭くなるため、キャパシティを目一杯使って純竜クラスを従えたとしても単にステータスが高いだけの存在になってしまう。

そこまでして得たステータスさえも純竜の六割止まりだ。しかも、『元々のステータス』という仕様の問題で、従魔師系統の強化スキルによる補正分は上乗せされない。そもそも純竜自体の捕獲難易度が高く、純竜を使役できた獣戦士系統は全体の一％にも満たない。

結果として、『中途半端な前衛と中途半端な従魔師にしかなれない』のがティアンの獣戦士系統だった。

例外として、獣戦士系統超級職である【獣王】の《獣心憑依》は一〇〇％の加算を可能としていたが、それでも従えるモンスターが純竜止まりであることは変わらない。

純竜クラスのステータスなど鍛え上げた超級職ならば超えられるため、【獣王】は戦闘系超級職の中では下位に位置していた。

そうした背景から、かつての【獣王】は最強にはなりえないジョブだった。

それが変わったのは、〈マスター〉の増加後だ。

ビルド研究に乗り出していた〈マスター〉の誰かが、あるときふと気づいたのである。

——『【獣戦士】の固有スキルって……ガードナーなら効率最高じゃないか？』、と。

その気づきこそが、極めて重要だった。

なぜなら〈エンブリオ〉であるガードナーは、従属キャパシティを消費しない。

どれだけ強力であろうと……キャパシティの消費はゼロだ。

そして、上級にまで進化すれば純竜を凌駕するガードナーなど珍しくはない。

ティアンの獣戦士系統が悩まされたジョブの圧迫が一切なく、純竜よりも遥かに強力なステータスを持つモンスターを用意できる。つまりは戦闘系のジョブのみで構築した上で、ステータスを他のジョブよりも跳ね上げられるのだ。

また、汎用の戦闘スキルや武器に由来するアクティブスキルは、メインジョブに獣戦士系統を据えていても問題なく使用できる。

最強の前衛が出来上がると気づいたとき、最強ビルドの論争は一つの決着を迎えた。

ガードナー獣戦士理論は掲示板で提示された直後、一斉に広まった。

戦闘型のガードナーを有していた〈マスター〉の多くは、このビルドを選択した。

彼らが各国の闘技場でも結果を残し、そのビルドの優位性をも示してみせたことで、よりこのブームは拡大する。強力でありながら獣戦士系統とガードナーの〈エンブリオ〉さえあれば、誰でも使用できる簡便さも広まった理由の一つだ。

〈Infinite Dendrogram〉関連の掲示板では『これから始めるけどどうすれば強くなれますか?』、『〈エンブリオ〉がガードナーに孵化することを祈れ』といった受け答えが散見されるほどだった。

無論、〈エンブリオ〉の個性は千差万別。

個々の〈エンブリオ〉によって真にシナジーするジョブは違う。

だが、最も簡単に、そして明確に得られる強さとしては一つの到達点だった。

そうしてガードナー獣戦士理論を選択した〈マスター〉の中でも、より『最強であるため』に努力を尽くす者達もいた。

彼らは強くなるために、理論を突き詰める。それはビルドだけでなく、一〇〇%の加算効率を有する【獣王】への転職条件の探索でもあった。

折悪しく、【獣王】は獣戦士系統に慣習で就いていた部族の間でもロストジョブとなっていたために、多くの〈マスター〉がそれを探した。

いずれも、最強とされる理論の真のゴールに自らが辿りつくために。

この道の先に、最強の玉座が待っているのだと信じて……。


しかし、ガードナー獣戦士理論の隆盛から内部の時間で三年近くが経過した今、ガードナー獣戦士理論を使い続ける者は多くない。

無論、有力なビルドであるゆえに今でも使う者はいる。

だが、最強のビルドを模索していた者ほど……今は使わない。

彼らが使用を止めた理由は、幾つかある。

第一に、〈超級〉の存在が目立ち始め、その規格外の力と自分達の〈エンブリオ〉との差が露わになったこと。

第二に、レベルの制限が存在しない超級職に就いた〈マスター〉の際限ない強化に、自身も獣戦士系統に拘らない超級職の習得を目指したこと。

これはどちらも正しく、しかし決定打ではない。

その二つを複合した理由こそが、彼らが諦めた最大の理由だった。

ステータスに特化した……〈超級エンブリオ〉のガードナー。

理論の完成に必要な……獣戦士系統超級職【獣王】。

これ以上はない理論のゴールであり、最強という名の王座。

――その玉座に、先に座られてしまったからだ。

【怪獣女王 レヴィアタン】と【獣王】ベヘモット。

ステータスにのみ全てを費やした〈超級エンブリオ〉と、その全てを自らに足せる超級職。

最も相応しき存在が、【獣王】として君臨したからだ。

ゆえに、目指した者達は諦めた。

同じ道を歩む限り、どう足掻いても絶対に彼女を超えられないから。

歩んだ道の先に在ったはずの最強の座は既に埋まり、彼女が玉座を去ることもない。

彼らの中にはビルドを振り直して他の道を模索する者もいたし、……燃え尽きたように辞めた者もいた。真剣に強さを突き詰めようとした者は残らず、後に残ったのはそれなりの強さで妥協する者だけ。

それが、ガードナー獣戦士理論の終焉だった。

■国境地帯・議場

『♪～』

ベヘモットは、スキルでリンクしたレヴィアタンから、とても楽しそうな気持ちが伝わってくるのを感じていた。

レヴィアタンがシュウとの戦いを楽しんでいるのだと、繋がる感覚で理解していた。

（本当はわたしもクマさん――シュウと戦いたかった）

必殺スキルも含めたシュウの情報、それをベヘモットはゼタから……延いては彼女の本当の仲間である【犯罪王】から得ていた。

ゆえに、知っている。シュウがこの世界で唯一……彼女とレヴィアタンが全力で戦える〈マスター〉であることを。

レヴィアタンの相手が今まで務まっていて、彼女がこんなにも喜んでいるのだから、きっと情報は正しかったんだろうとベヘモットは悟る。

（……わたしとレヴィは強くなりすぎた）

彼女の内心の言葉どおり、神話級の〈ＵＢＭ〉ですら彼女達と正面から戦えばさほど長くはもたない。まして人間相手では……猶更である。

だからと言って、手を抜くのは彼女にとってあまりにもつまらない。

ＡＧＩによって加速しすぎた体感時間、ＳＴＲによって高まりすぎた腕力。

牛歩のようにゆっくりと、なでるように優しく、……それだけ手を抜いても人は砕ける。

なにより、そんな風に動いては彼女自身がつまらない。

本気を出しても、出さなくても、彼女たちには楽しく戦える相手などほとんどいない。

〈超級〉になってからは、本当に数えるほどしかいなかった。

（そういう意味では、シュウは本当に貴重だよね）

本気でぶつかり合える〈マスター〉なんて初めてかもしれないと、ベヘモットは考える。

（それに戦いに限らずシュウと話して、遊ぶのはとても楽しい）

遊びも、戦いも、本気でやるならば同じレベルの相手でなければ成立しない。

ゆえにベヘモットにとってのシュウは、本当に貴重で、対等な相手であった。

（……少しだけお父さんを思い出して、寂しくて悲しいときがあるけれど）

ベヘモットは僅かに感情を沈ませたが、それでも気を取り直して思考を切り替える。

（それにしても、シュウは流石だね。わたし達の弱点をしっかりと突いてきたもん）

スキルレベルEX……一〇〇％効率の《獣心憑依》によって、ベヘモットは莫大なステータスを獲得している。

しかしそのステータスの源はレヴィアタンであり、レヴィアタンは……ベヘモットほどには強くない。

レヴィアタンを先に倒してしまえば、ベヘモットのステータスも人並みに落ちる。

（ここから離れたのは、わたしとレヴィのツープラトンを警戒したのか、……それともわたし達の必殺スキルについて察しがついているのか）

どちらにしても、ベヘモットはまだレヴィアタンとシュウの戦いに割り込めない。王国側の〈マスター〉を残しておけば、先刻月夜が述べたようにクラウディアへと向かわれる。

だからと言って、レヴィアタンを倒されれば彼女がシュウに勝つのは難しくなる。

クラウディアを守るためには、シュウがレヴィアタンを倒す前にベヘモットがシュウ以外の〈マスター〉を全員倒し、レヴィアタンと合流する必要があった。

(……大変だなー。だけど……)

『fun（ちょっとたのしい）』

彼女にとってメインはシュウとの戦いだったが、この戦いも面白（おもしろ）いとは感じている。

特に扶桑（ふそう）月夜の働きを気に入っている。

それはAGIが六分の一になったことだ。

(これは、とても良い)

元からベヘモットは月夜の撃破（げきは）を最後にするつもりだったが、この減速のためにも残しておこうと思った。

なぜならこの減速のお陰（かげ）で、ベヘモットの体感時間で全力の動作をしても……ついてこられる〈マスター〉達がいる。

月影（つきかげ）と、マリーと、もう一人。

少なくとも、先ほど片付けた〈月世の会〉のメンバーがデスペナルティになる前に遺（のこ）したバフが続く内は、減速中のベヘモットになら追いつける。

(ただ、月影の必殺スキルである影の動きは本人ほど速くはないね。影の速さは彼のAGIに依存しないのかな。新情報)

それでも今そうしているように包囲する形で動かせば、他の面々の攻撃を補助することはできるとベヘモットは考えた。

ベヘモットは周囲を見る。残るは、九人。そのうち、ティアンの文官三人は除く。

あとは月夜、月影、マリー、バルバロイと、既にランカーやPKとして知られる四人。

(それとフランクリンの秘蔵っ子を倒したルーク・ホームズに、シュウの弟……レイ・スターリング。……彼らの手の内は、九割知ってる)

王国側のメンバーを完全に把握していたベヘモットは内心でそう考えた後、次なる思考に移る。

(想定できるわたしの倒し方は、三つ。まず、わたしの急所を損壊させて、傷痍系状態異常による即死狙い。きっともう、レヴィの最大HPを上乗せしたわたしのHPは見えているはず。威嚇効果も狙って、ステータスを隠蔽する装備は身に着けていないから。そして、見えているのならばそれを削りきることは選ばないよね)

ダメージレースになれば王国側に勝ち目はない。

ゆえに、首か、脳か、心臓を狙い、その損壊による傷痍系状態異常を狙うだろう、と。

（もしもこの場に王国の決闘二位であるカシミヤがいれば、首を狙ったかな。彼がいたら、ちょっと装備を調整しなきゃいけなかった。今のメンバーなら、レイのカウンターによる部位消滅か、貫通に特化した高威力レーザーである《シャイニング・ディスペアー》による撃ち抜き。あるいはアドラーの《虹幻銃》で急所を狙うはず。アドラーの場合、《消ノ術》を組み合わせて零距離での不意討ちが可能。だから常に周囲を警戒して、アドラーが消えたら攻撃よりも足を止めない移動を優先しよう）

内心でつらつらと……王国側の〈マスター〉の手の内について記憶を想起しながら、ベヘモットは思考する。

（注意すべき攻撃はこれくらい。他の攻撃……ダメージ量としては最大級なバーンの《解放されし巨人》による連打も、わたしの防御力を考えればほぼ徹らない。いつもと同じ。急所狙いで注意すべきは固定ダメージとエネルギー・魔法攻撃、防御無視攻撃の三つに絞れる。〈月世の会〉が【グローリア】との戦いで用いた集団での固定ダメージアイテムの連続使用という線も考えられたけど、相手の人数を潰したことでなくなった）

相手の戦力や過去の事例を分析しながら、ベヘモットは尚も思考を回す。

（第二に注意すべきは、《薄明》でのHPの除算からの【女教皇】最終奥義による一撃必殺狙い。彼女の現在のレベルと除算されたHPからすると、わたしの体積の半分近くが削られる。致命部位が含まれていたらそれでおしまい。でも、全レベルを引き換えとするあのスキルをここで使うかは怪しいかな。そこまでしてわたしを倒しても、【グローリア】の時ほど彼女に得るものはないもの）

熟知し、警戒はすれど、だからこそありえないと判断する。

（それに、もしもそんな手段をとられれば真っ先に彼女を倒す。詠唱が必要なスキルである以上、倒す隙は存在する。月影の影の中に隠れて詠唱しても、その間は減速も消える。そうなったら月影を倒して、影から放り出された彼女も倒す。それでおしまい。わたしの保険もなくなるけれど、背に腹は代えられないね）

その上で対策も考える。

相手の切り札の恐ろしさも欠点も、ベヘモットは既に把握している。

（第三に注意すべきは、状態異常。ホームズの【魅了】やアドラーの状態異常に特化した《虹幻銃》、それに月影の【暗殺王】としての致命スキルがある。けれど、わたしの特典武具には状態異常対策が仕込まれている）

ベヘモットの両手足のリングは神話級武具【四苦護輪 ブルドリム】。

そのスキル、《四苦堅牢》はベヘモットのENDに比例した病毒系、精神系、呪怨系、制限系の状態異常耐性を付与するパッシブスキル。

《獣心憑依》中のベヘモットの耐性を突破できるものなどまず考えづらい。

(……けれど、レイの召喚スキルで呼び出される鬼は別かな。カルチェラタンで呼び出された鬼が二体目の【ギーガナイト】を倒したときに使った圧縮状態異常なら、耐性を突破して通るかもしれない。これは扶桑も同じ。《薄明》を展開しながら圧縮デバフを使ってきた情報はなかったけれど、もしかしたらできるかもしれない。夜が圧縮されたら要注意)

それでもベヘモットは警戒を怠らない。慢心は一切ない。

(注意すべき点は以上。それらはわたしの敗因になりかねないから、避けることが肝要だね)

「なんや……。ジッと立ち止まって周囲を睥睨して、余裕のつもりなん?」

ベヘモットがそう考えていると、月夜が話しかけてきた。

(睥睨? 余裕? ……わたしと彼女の体感時間はかなり違うと思うのだけれど、それでもそう見える程度の時間は過ぎたみたい。でも、違うよ)

そう、違う。

ベヘモットはただ戦力分析と、自身の敗因を回避する確認をしていただけ。

レヴィアタンに相対するシュウと、今この場にいるメンバー。それと来るかもしれなかった王国のランカーについての情報は、全て……彼女の頭の中に入っている。

ギデオンでの滞在中に、王国のランカーの有名所についてはひととおり調べていた。

（メタゲームの把握……対戦相手への対策は当たり前だよ）

彼女がそれほどまでに情報を蒐集し、対策を練り、万全を尽くすのには理由がある。

（だって、わたしは【獣王】。自画自賛ではなくこの西方で最強で、……最も手の内の割れてしまっている〈マスター〉だから）

ベヘモットは自身の特典武具やスキルの情報の大半は把握されていると知っている。

例外は……首から提げたアクセサリーくらいのものだろう、とも。

そして戦いには相性差が存在する。絶対強者ならば相性差を覆せると言う者はいるが、それも絶対強者同士に相性差があれば同じこと。

（相手がわたしを知るなら、わたしも相手の情報を同様に集めなければいけない）

ベヘモットは、そうしなければいつかは敗北すると知っている。

だからこれは、彼女にとって本当に当たり前のこと。

最強でありながら、細心の注意で弱者と戦う。

獅子は兎を狩るのにも全力を尽くす……どころではない。

竜が蟻を分析した上で、勝負を挑むようなものだ。

〈デスペナルティになって、丸一日も〈Infinite Dendrogram〉から切り放されたくはないから。あの賢くても危なっかしいクラウディアを、わたしの友達を、わたしの世界の大切なものを守ってあげなければいけないから〉

空を見上げれば、そこでは翡翠と銀の光が雲間に軌道を描いている。

どうやら、クラウディアも楽しんでいるらしいとベヘモットは感じた。

〈……うん。レヴィとクラウディアが楽しんでいるのだから、わたしも楽しくやろう〉

未知の人員は先に排除した。敗因は予見した。

ここからは勝利に詰めて、到達するための戦い。

しかし、それでも未知はある。

ベヘモットが得た情報は、ベヘモットが得られた情報でしかない。彼らに情報以降の成長があれば、それはベヘモットにとっての未知で、新たな敗因足りえる。

それを、ベヘモット自身も十二分に理解している。

だから彼女は楽しみつつも……決して油断はしない。

勝負を勝負として、ゲームをゲームとして、そして世界を世界として味わいながら、彼女は彼女達の力で、彼女の前に立ちはだかる者に勝利する。

〈わたしが好きなわたしの世界を守るために、作るために、わたしは力で切り拓く〉

彼女は【獣王】ベヘモット。
〝最強〟の一人――〝物理最強〟。
皇国最強にして、最後の番人。
そして、皇王の最初の牙。
『――Ganking』
ベヘモットは眼前に並ぶ対戦相手達に宣言し、彼女の戦いに踏み出した。

◆

【獣王】ベヘモットはガードナー獣戦士理論の最大の体現者にして、終焉。
レヴィアタン以上のステータスを持ち、
練り上げられた戦闘スキルを行使し、
屠り続けた〈UBM〉から得た数多の特典武具を振るう。
レイ達の前に立っているのは――紛れもなくこれまでで最強の敵だった。

□■国境地帯・議場

【獣王(ベヘモット)】が動き出す瞬間(しゅんかん)に合わせて動けた王国の〈マスター〉は、三人。

月影とマリー、そしてルーク。

スキル使用も含めた最終値において、この場にいる王国側の〈マスター〉で最もステータスが高いのはルークだった。

バビの合体スキルである《ユニオン・ジャック》により、上級ガードナーであるバビ、そして速度と耐久(たいきゅう)両面で高いステータスを誇(ほこ)るリズとの合体によるステータスの統合。加えて、バビがこれまで《ドレイン・ラーニング》で獲得してきたモンスターのパッシブ・アクティブを問わないステータス増強スキルがその理由だ。

それゆえルークは上級でありながら、戦闘系超級職(スペリオル・ジョブ)に匹敵(ひってき)する高いステータスと幅広(はばひろ)いスキルを有している。

あたかも、かつてのガードナー獣戦士理論……その発展系とも言える姿。

〈月世の会〉が遺したバフを含めれば、AGIも今の【獣王】に届いている。

しかしそのルークをして、ベヘモットの動作を見た瞬間……冷たい汗が背中を流れた。

ルークには視えていたからだ。

（ああ……これはまずい）

真っ先に狙われるのが、自分である、と。

ルークがリアルから持つ高すぎる観察力による読心は、人型でないベヘモットには十全に働かない。

それでもその内に人の意思があるのならば、動作を見ていて気づくことはある。

例えば、ベヘモットがこの場にいる王国の〈マスター〉の中で、ルークを最初に倒そうとしていること、だ。

普通なら、デバッファーであり唯一の〈超級〉である月夜を狙うだろう。

真っ直ぐルークに向かうベヘモットに、月影とマリーは意表を突かれたような表情を見せているが、ルーク自身は狙われる理由について理解していた。

それは最もステータスが高いから……ではない。

この程度のステータスの多寡で、ベヘモットはターゲットを選びはしない。

ベヘモットがルークを狙った理由は……ルークが如何なる者かを知っていたからだ。

（最初に〈月世の会〉のメンバーを倒した理由が不確定要素の排除なら、次点で不確定要素を孕んでいるのはこの僕だから無理もないか）

バビが《ドレイン・ラーニング》で覚えたスキルの数は膨大である。

それこそ、通常のビルドで抱え込めるジョブスキルの数を凌駕している。

何をどれほどに抱え込んでいるかも不明なスキルの数々を、超級職に匹敵するステータスのルークが全て行使できる。

それは不確定要素であり、【獣王】に届きうる危険と認識しても不思議はない。

しかし狙われたことよりも、その判断こそをルークは『まずい』と考えた。

なぜならば……。

（その判断が意味するのは、【獣王】が僕達の手の内を把握しているということ。それも、一介の上級に過ぎない僕についてさえ……。どこまで把握している？　こちらの能力と戦術をどこまで掴んでいる？）

【獣王】と同等の速度で、直線ではなく時折曲がりながら、ルークはあとずさる。

その最中も、ルークは思考を重ねる。

（あの戦術は【獣王】がレイさんに攻撃を放ち、レイさんが生き残ることが前提条件。既存の戦術しか知らないのであれば、【獣王】は攻撃するだろう。けれどスキルの存在を知っていた場合……ダメージカウンターの蓄積にも手を講じなければならない）

相手の行動から、どれだけの手札を見られているかを推察しようとする。

思考を加速させながら、ルークは自身の推理を進める。

そうする間にも、【獣王】は少しずつ彼我の距離を詰めていく。

（……待った。そもそも、読み取れる【獣王】のスタンスは勝利だけを求めているモノじゃない。この場において勝利を目的としていることは確実。けれどそれは、あのフランクリンのような『手段を選ばない勝利』じゃない。そうであるなら、クラウディア皇女との会話中や、先の〈月世の会〉の殲滅中にいくらでも攻撃の機会があったし、今も僕ではなく扶桑月夜を狙う。彼女の望みはただの勝利ではなく、戦い自体を楽しむことも混ざっている）

思考の最中も、ルークと【獣王】は近づいていく。

二人の速度はほぼ同等、むしろ現状ではルークが僅かに速い。

それでも【獣王】が追いつけるのは、二人の動きが違うからだ。

（【獣王】の目的には、『全力で戦って、勝利する』という過程も含んでいる。全力とは彼女が自身の体感で力を尽くせる状態であることと、相手の力も発揮させること。扶桑月夜を狙わないのがその最たるもの。そうであるならば、僕にできることは……）

訓練を積んだものの、鋼魔人での高速移動を実践していた期間はそこまで長くはない。

人間と悪魔とスライムが融合したキメラの体での、ベストな動きは未だ掴めてはいない。

対して、【獣王】は獣の体を得てから〈Infinite Dendrogram〉で五年近くを過ごしている。

リアルと異なる体の動かし方への熟練度の違いが、二人の距離が詰まる理由。

特に、ルークが軌道を曲げるタイミングではそれが顕著だった。

（……追いつかれるまで、体感時間であと三秒）

距離が詰まる寸前……そして【獣王】の爪がルークに届く寸前。

至近距離まで迫った【獣王】に対してルークは、

「…………！」

身を庇うように両手を胸の前で交差させて、

「――《閃光眼》」

――その両腕に作り出した擬似的な目を、強烈に発光させた。

『！』

強烈な光に、一瞬だけベヘモットが動きを止める。

それはバビが《ドレイン・ラーニング》によって、【フローター・スパークアイ】というモンスターから得たスキル。

目から強烈な光を放ち、目をくらまし、【盲目】の状態異常を付与するスキル。

ルークは身体形状を変えられる【ミスリル・アームズ・スライム】であるリズの特性により、両手に複数形成した義眼から照射したのである。

追われて距離を詰められながらも曲がりながら退いていたのは、この照射に仲間を巻き込まない位置取りのためだ。

（一時的な目くらまし。これで条件の一つはクリア。でも、チャンスはさほど長くない）

無論、ルークも承知している。【獣王】に対してはこれが一時的な目くらましにしか過ぎず、目に負うはずの【盲目】の状態異常は与えられていない、と。

その程度の状態異常をはねのけるだけの耐性は、全身につけた特典武具のいずれかで得ていると推測できる。

だが、強烈な光で視界が潰れることは避けられない。暗視ならばともかく、膨大な光の中でも見えてしまう視界など、デメリットが大きすぎて【獣王】も実装していないからだ。

『…………』

視界を潰されたベヘモットは、それでも焦りはしなかった。ルークとの距離を正確には掴めない状態であったが、音と気配で自身の前方のどこかにいることは把握していた。

ゆえに、――多少の距離の誤差に囚われないスキルを使用する。

ベヘモットが右腕を振るうと、弧を描いた爪の動きに沿うような衝撃波が前方へと放出される。

スキルの名は、《ウィングド・リッパー》。サブジョブである【爪拳士】のアクティブスキルであり、自身の攻撃力に等しい威力の衝撃波を飛ばすスキル。

数十メテル程度は届く衝撃波を、ベヘモットは牽制の一撃として放った。

だが、そうしたベヘモットの攻撃こそを……ルークは待っていた。

【今ッ！】

ルークは【テレパシーカフス】で叫ぶと同時に、鋼魔人の体の一部であるスライムの触手を動かしていた。

触手そのものは《閃光眼》の使用と同時に伸ばしており、今はそれを引き寄せた。

そして引き寄せた触手は――レイを掴んでいる。

そう、ルークは触手で引き寄せたレイを盾にしていた。

ルークは、『レイを盾にできるよう』に位置を調整しながら逃げていたのだ。

これは自らが助かるために仲間を盾にするという背信行為……ではない。

勝利のために、絶対に必要なことだ。

「《カウンターアブソープション》ッ！」

なぜならば、レイとネメシスの力の源はダメージカウンター。他者から受けたダメージをリソースとして自身のスキルを回すために、ベヘモットの攻撃を受けることが必須だった。

事前の相談により、【テレパシーカフス】で指示を飛ばせばレイは即座に《カウンターアブソープション》を発動すると打ち合わせていた。

そして今、光の壁がベヘモットの放った衝撃波を受け止め、そのダメージをネメシスのダメージカウンターへと加算していく。

直前の目くらましは、レイに攻撃させるためだけの布石である。見えている状態でのレイに対する攻撃は、より対処しづらいものになっていたであろうからだ。

「ッ！」

ベヘモットの一撃を辛うじて《カウンターアブソープション》で受け止めたレイを、ルークは触手を動かして投げる。

投げるしか、猶予はなかった。

既にベヘモットが追撃態勢に入っていたからだ。


『…………』


自身の攻撃が受け止められたことを、ベヘモットは見えぬ視界でも察していた。

しかし問題はない。一撃を受け止められたところで、さらに追い縋って連打を叩き込めばいいだけだとベヘモットは考える。

今のベヘモットに問題があるとすれば、ダメージを吸ったレイと、最初の標的であるルーク。どちらへの攻撃を優先するかということだけだが……。

そんな折、ルークはベヘモットにも聞こえるように声を張り上げた。

「レイさん……【獣王】のステータスに届くための、あのスキルの準備を！」

レイの手の内をばらす、その発言を。

あえて、ルークはベヘモットも知らないであろうスキルの概要を口にした。

しかしそれも背信ではない。

ベヘモットの性格を読んで、こうするのが最善手であるという答えに至ったから。

『……』

自分に届くためのスキル。その言葉に、間違いなくベヘモットの意識……警戒よりも興味が強い感情がレイに向けられた。

ルークもまた、それを悟る。

『全力での戦いを楽しむ』ことも目的の一つであるベヘモットならば、こう言っておけばあえてスキルの発動を見逃すとルークは推理していた。

だからこそ、ベヘモットを殺す類のスキルではなく強化型のスキルであることを示唆し、ベヘモットの思考を誘導していたのだ。

これが月夜の《聖者の帰還》のようにスキルの発動が死を意味するものであれば、ベヘモットも勝利のために発動を潰そうとしただろう。

だが、そうではないと分かっていれば……勝利を目指しつつも戦いを楽しもうとするその性質から、それが如何なるものか見定めた上でぶつかろうとするとルークは推測した。

ブラフでないことも、《真偽判定》を持っていれば分かるだろう。

そして今、ベヘモットの意識の動きが自身の誘導に沿ったものであることを、ルークは確かに視た。レイに興味を向けつつも、攻撃のターゲットからは明確に外した。

これでレイのスキル発動は見過ごされるとルークは安堵し、――自身を射程距離に捉えたベヘモットを直視した。

「……フゥ」

ルークには……こうなることが最初の一手で分かっていた。

ベヘモットが王国側の手の内を調べ、不確定要素として真っ先にルークを狙った時点で、ルークにはデスペナルティになる未来しかないと分かっていた。

スライムゆえの物理耐性で生き残る……などという楽観は全く考えていない。

（相手は【獣王】、皇国の討伐一位。少なくともお兄さんと同程度には特典武具を保有しているはずで、装いを見れば理不尽な着ぐるみ縛りもない。そうであるなら、当然のように耐性突破の武器の一つや二つは持っているはず……）

ルークの推理は正しい。ベヘモットの装備した半透明の爪の名は、神話級武具【双月爪刻　クレッセント・グリッサンド】。

その性質は、ダメージ選択式の非実体武装。

装備スキルの一つ、《紅月ノ刻》はベヘモットの攻撃を物理的なダメージから、ＨＰへの直接ダメージに変換する。

相手の防御力との引き算は行うが、物理耐性スキルに関わりなくＨＰを直接削る。

ゆえに、直撃を受ければ鋼魔人と化したルークであろうと容易く致命傷を負う。

加えて、ベヘモットはサブジョブである【爪拳士】の奥義、《タイガー・スクラッチ》を使用している。このスキルは自身の攻撃の後に、同じ性質と属性……そして威力を有した二枚の光刃による追撃を発生させる。

ベヘモットのステータスで放つ、耐性無視の三連撃。

スライムの体や【ブローチ】があっても、生路は存在しない。

(詰み。……でも僕に出来ることはやった。レイさんのダメージカウンターの蓄積と、スキル使用の猶予を得ること。今の僕なら、彼女相手にここまでできれば上出来だ)

至極冷静に目の前のベヘモットを見ながら、ルークはそう考える。

同時に、巻添えでリズを失わないために《ユニオン・ジャック》を自ら解除する。

元のステータスに戻り、一気に減速したルークには……もうベヘモットの動きを捉えることはできない。

気づけば、一瞬で五体を粉砕されていた。

【ブローチ】など、発動したかどうかも認識できない。

一瞬もない蘇生可能時間の中、

(でも、デスペナルティになるのは初めてだったな……。それは少しだけ、悔し……)

最後にそう考えて……ルークはデスペナルティになった。

王国側の〈マスター〉は、残り五名。

『one』

ルークを仕留めても、ベヘモットはそこで動きを止めなかった。

周囲を見た視界から、月影とマリーの二人の姿が消えていたからだ。

先刻の《閃光眼》が使用されたタイミングで月影は影に潜り、マリーは《消ノ術》で姿を消したのだと理解した。

消えてからルークが殺される前に攻撃を仕掛けてこなかったのは、ルークの目論んだレイのダメージカウンター蓄積とスキル発動の準備を潰させないためだとも悟っている。

ゆえに、ルークが倒された今、どこかから二人が襲ってくるのは明白だった。

ベヘモットは動き続け、急所への不意討ちを避けんとする。

攻撃よりも回避を優先。今は何者も狙わない。

レイに関してはそのスキルを見たいという欲求があり、月夜は最後と決めている。

残る一人であるバルバロイは耐久型であり、《フェイタルディフェンダー》や【身代わり竜鱗】など、装備を損耗しながらの防御に徹されれば即殺は難しい。

《タイガー・スクラッチ》を使用しても一度では倒しきれないかも知れず、そこで自らの動きが鈍れば隙になりかねないとべヘモットは考えた。

現に、今もバルバロイはそれを狙っているかのように防御態勢のままだ。

どの道、月影はともかくマリーの《消ノ術》はSPの消耗が激しい。

どこかで必ず息切れして、姿を見せるはず。

そう考えながらべヘモットは駆け回り、その時を待っていた。

体感時間で遅れをとっていたレイもまた……次の動きを始めている。


「……ルークッ！」

光の塵となって消えていくルークを見送るレイには……分かっていた。

ルークが自分にスキルを使う猶予を与えるために動き、そして自らを犠牲にしたのだと。

レイは歯を噛み締めながら悔やみ……しかし今の己がすべきことを知っている。

ルークが勝利への可能性を託してくれた自分達の新戦術を――今こそ〝最強〟を相手に使うときなのだ、と。

ゆえにレイは、ネメシスに告げる。

「……やるぞ、ネメシス。第四形態だ！」

『応!!』

レイの言葉に応じて、大剣だったネメシスが解ける。

黒い粒子を浮遊させ、レイの背後の一点に集中させながら……新たな形を作り上げる。

『Form Shift【Black Mirror】』

そうしてネメシスが変じたのは、一対の翼のような鏡縁を備えた丸い鏡だった。

『……！』

月影とマリーからの不意討ちを警戒するべヘモットも、その変化は見ている。

レイの背後に、ネメシスの変じた鏡が浮遊していた。

まるで黒い水を湛えたように、鏡は何も映していない。

『ターゲット指定！　ダメージカウンターセット！　指定ステータス……〝AGI〟!!』

だが、ネメシスの言葉と共に、鏡はその表面を波打たせる。

その波紋が収まった時、鏡にはべヘモットの姿が映し出されていた。

ネメシスが準備を整える間に、レイもまた動く。身に纏(まと)っていた【黒纏套(こくてんとう) モノクローム】を《シャイニング・ディスペアー》の砲身(ほうしん)へと変形させ、左腕(ひだりうで)に装着する。

そうしてセ、ッ、テ、ィ、ングを終えたレイとネメシスは、

「『──《追撃者は水鏡より来たる(チェイサー・フロム・ミラーリング)》!!』」

上級への進化で獲得(かくとく)した新たなスキルを──圧倒的(あっとうてき)強者に対抗(たいこう)するために生み出したスキルを宣言した。

◇◇◇

□四月某日(ぼうじつ) 【死兵(デス・ソルジャー)】レイ・スターリング

「第四形態に進化したぞ」

「……そうか」

第三形態に進化した日の焼き直しのように、宿屋で朝起きたときにネメシスからそう告げられた。

ただ、今回は何となく予想はできていた。

昨晩のネメシスは、第三形態に進化したあの夜のように食欲がなかったからだ。

どうもネメシスが普通に進化する際は食欲がなくなり、寝ている間に進化するらしい。

なんだか地味な進化だが、〈エンブリオ〉の進化には差異があると聞いているしそういうものなのだろう。第二形態への進化が色々と例外だったか。

しかし、〈上級エンブリオ〉への進化は少し派手と聞いていたのに……寝ていたせいで見過ごしてしまった。

「とりあえず……おめでとう」

「うむ！　これで私も上級の仲間入りだ！」

進化が遅いことを気に病んでいた時期もあったので、ネメシスはどこか嬉しそうだ。

「それで第四形態になってどんな変化があったんだ？」

とりあえず見た目としては服装が変化している。

バージョンアップという言葉が近いだろうか、服装が少し豪華になっているのだ。

……体型は変化していないようだが。

「まず《カウンターアブソープション》が強くなった気がする。恐らく、ダメージ上限が四〇万ほどになっているだろう」

なるほど、有用なパワーアップだ。一撃のダメージでは前の三〇万でもそうそうないが、【モノクローム】の時のように足りなくなることもあるので増える分にはありがたい。

「それと《応報(ペイバック)》の条件が緩和(かんわ)された。今後は黒円盾(こくえんじゅん)の時に受けたダメージでなくとも、《応報》のチャージに使用できる」

「あ、それは本当に助かるな」

使いやすい他(ほか)の形態で戦いつつ、一撃がある《応報》を放つことができる。

「その二点だけでも十分強化されたけど、まだあるのか？」

「ああ、まだ本命がある」

そう言ってネメシスは指を四本立てる。

「形態がまた一つ増えた。第四の形態がな」

どうやらネメシスの進化は更(さら)なる多様化へと舵(かじ)を切ったらしい。

俺達(おれたち)と同じく多段変形のアームズを有するイオは、上級への進化が既存形態の性能強化だけだったらしい。進化の予兆やタイミングと同じで人によって差異が大きい。

「それで、どんな形態に？」

「これだ」

ネメシスはそう言って、その姿を武具へと変じさせる。

いや、正確に言えばそれは武具ではなかった。

翼のような鏡縁を持った……鏡だった。

「……意外な形態だな」

『まぁ、第三の風車(かざぐるま)の時点で「武器？」という感じではあったがの』

「だけどいよいよ手持ち武器から離(はな)れてしまったぞ」

『いや、武器でもある。この翼は外れるからの』

ネメシスがそう言うと鏡縁の翼が外れて俺の手に収まる。

細身で独特の反りはあるが、一対の双剣(そうけん)であるらしい。

『この形態では《カウンターアブソープション》を使えぬが、《復讐(ヴェンジェンス)》は使えるぞ。しかも少しバージョンが違う』

「と言うと？」

『ダメージカウンターが双剣に半分ずつ蓄積される。二度打ちが出来るのだ』

「ほう」

それは助かる。【ブローチ】を装備した相手との戦闘(せんとう)など、二撃に分けた方が有効な場合もある。巨大(きょだい)なモンスターには黒大剣、対人ではこの双剣と使い分けるのが良いか。

流石(さすが)に上級への進化で増えた形態だけあって、第三形態よりも使いやすさが増している。

『待て待て、双剣はおまけだ。単に二度撃ちできるだけではこの鏡の意味がないであろう』

「あ、それもそうか」

たしかにこれだけならば鏡は要らない。

『ちゃんとこの鏡にもスキルがついておる。双剣の《復讐》とも併用できるものがの』

第三形態は一形態の中で変形することで《カウンターアブソープション》と《応報》を使い分けていたが、今度は最初から分離して同時使用できるようにしているということか。

……こうして見ると、前の形態を参考にしつつも確かに進化しているのだろう。

「それで鏡の方には何の効果があるんだ？」

『うむ。それはな……』

そうしてネメシスが教えてくれたスキルは――。

□■国境地帯・議場

レイがスキルを発動させた直後――ベヘモットはレイの姿を見失った。

それは姿が消えたわけではない。

一瞬で、ベヘモットの視界からフレームアウトしたのだ。

（……速くなった？）

視線を動かせばレイの姿を見つけることはできたが、集中してその姿を追わなければ見失ってしまいそうなほどに速い。直前までのバフ込みでも亜音速（あおんそく）に到達していなかったAGIでは考えられない速さだ。

いや、むしろ……。

（わたしと同じくらい……ううん。全く同じだね）

レイのステータスを《看破》したベヘモットは、レイのAGIが自分の現在のAGIと同じ値であると知る。

（スキル名……《チェイサー・フロム・ミラーリング》だっけ。同期複製（ミラーリング）、なるほどね）

また、ベヘモットはネメシスという〈エンブリオ〉の特性から、概（おお）ねどのようなスキルで、何をコストとしているかの推測も立てていた。

（自分にダメージを与えた相手に限定したステータスの部分同期。多分、ダメージカウンターをコストにしてる）

《看破》したステータスと先刻のルークの発言、そして『ルークがレイを盾にしてまでも、まず一撃受けさせた』という事実からその答えを導き出した。

そこからべヘモットはさらに推測を重ねる。

（コストは秒間の同値消費……じゃ重過ぎるね。一分あたりの発動で加算したステータスと同じだけダメージカウンターから差し引かれる、かな。固定値やＭＰ・ＳＰの可能性は……ない。それだとコストが軽すぎる）

己の経験からネメシスの第四形態のスキルのコストまでも予想するべヘモット。

恐るべきは……その推測が完全に正しいことだった。

◇

《追撃者は水鏡より来たる》：
ダメージカウンターを蓄積した対象者のステータスを『一つ』指定して発動する。
指定したステータスと同じ自身のステータスを、対象のステータスと同値にする。
※コストとして発動時と一分経過ごとに、対象者より蓄積したダメージカウンターから対象ステータスと同じ数値を減算する。
※ダメージカウンターが数値不足で減算できない場合、自動的に解除される。

※発動中に対象者のステータスが変化した場合、自身のステータスも変動する。
※このスキルで変動しているステータスは、このスキル以外での増加を受けない。

◇

それこそはネメシスが上級への進化で獲得した力。

純粋にステータスで勝る相手に苦戦を重ねた経験から、レイのステータスを強化するスキルを……否、強者の足元に手をかけるスキルを進化によって生み出した。

【斥候】もビルドに含めたのは、このスキルで選び取るステータスを《看破》で吟味するためだ。（《殺気感知》で発動前に潰される危険を減らす狙いもある）

無論、このスキルはコピーやステータス強化を専門とした〈エンブリオ〉のスキルよりも、コストは重く使い勝手も悪いだろう。

しかも現段階では一箇所しか指定できないが、それでも構わない。

手が届きさえすれば――レイには相手の首を獲る力が既にある。

（……そっか。この加速状態で《シャイニング・ディスペアー》を照準、わたしの急所を撃ち抜くつもり、かな）

《シャイニング・ディスペアー》は必殺の集束レーザー砲。

照準さえあっていれば即座にその体を撃ち抜く。圧倒的な速度差があった先刻までは狙い撃つことなど不可能だったが、ベヘモットと同じＡＧＩを有する今のレイならば可能。

（ああ、わかった。ホームズはこのために自分を捨て石にしてダメージカウンターの蓄積と、スキルを発動するための情報誘導を……やるね）

誘導と分かっていて乗ったベヘモットであったが、現状は愉快さ半分、そして冷や汗半分といったところだ。『これは本当に自分の命に届きかねない』という焦りもある。

（対処法としては、このまま相手のコスト限界まで待つ。あるいは扶桑を潰して六分の一を解除。コストを増大させて一気に解除に追い込む。……どっちもつまらないね）

それではまるで、相手の戦術を避けて通ったようなものだ。

戦いを楽しむと考えておきながらそれでは、ベヘモット自身が興醒めだ。

ゆえに、ベヘモットとしては……。

（正面から、打ち破るか）

疾走していたベヘモットはターンを決めて、自身に照準を合わせようとしていたレイに向き直った。

そのままレイに向けて駆け抜け、撃ち抜かれる前に《タイガー・スクラッチ》でレイの五体を粉砕せんとする。

だが、それと同じタイミングでレイもまた動いた。

「《地獄瘴気》!!」

宣言と共に、砲身モードの【黒纏套】を付けた左手とは逆……右手の【瘴焔手甲】から黒紫色の瘴気が猛烈な勢いで噴出した。

三重状態異常の煙が議場の内部に急速に満ちていく。

(……噴霧するような広く薄い状態異常は今のわたしには効かない。あっちも分かっているだろうから、これはさっきの《閃光眼》と同じ。また目くらましのためのものかな)

見れば、【ストームフェイス】を装着したレイは体勢を低くして、黒紫の煙に背後の鏡も含めた全身を浸していた。

また、視界の端で月夜が【快癒万能霊薬】を飲む姿も見えている。ティアンの文官も既にこの議場から退出しているようで、恐らく最初から《地獄瘴気》の使用も織り込み済みだったのだろうとベヘモットは悟る。

(全身黒ずくめなせいで、この瘴気の中だと視認性が落ちるね。でも、気流の動きを見て

いれば位置は分か……そっか。これも布石か）

移動に合わせた瘴気の動きでレイの位置を探り、攻撃を仕掛けようとしたベヘモット。

だが、すぐにこの瘴気に隠されたもう一つの意図に気づく。

（この瘴気のせいで、月影の隠れている影が見えなくなった。それに《消ノ術》は完全に物質をすり抜けてしまうから、煙の流れでも動きが見えない）

レイが瘴気を煙幕として展開したことで姿を隠したままの月影とマリー、二人の奇襲の成功率が著しく上昇している。

（あれもこれも組み合わさってる。多分、あの《閃光眼》を起点にこのフォーメーションを最初から組んでたんだ。……わたしを倒すために）

ベヘモットは悟る。

きっとこの瞬間のために彼らは準備をしてきたのだろう、と。

最強の自分を破るために幾つもの戦術を練り、新たな力を編み出し、一つの集大成として自分を追い詰めているのだろう、と。

〝物理最強〟の【獣王】が皇国の護衛として講和会議に参加すると分かった時点で、それに対抗する準備を進めていた。

だからこそ、今ここで彼らは戦っている。シュウがレヴィアタンを倒すまでの時間稼ぎではなく、本当に自分達がこの場で〝物理最強〟の【獣王】を倒すつもりで。

少なくとも、〈デス・ピリオド〉というクランはそのつもりで戦っていたのだ。

『……fun（たのしいね）』

本心から、ベヘモットはそう言った。

本気で自分に勝とうとする〈マスター〉は何時（いつ）以来だろうかと考える。

口では強いことを言うローガンも、実際はベヘモットを避けている。

フランクリンは対抗策（たいこうさく）を講じているようだが、慎重（しんちょう）であるがゆえに対抗策の完成していない今は挑（いど）んでくる気配も全くない。

他も、誰一人（だれひとり）として「戦おう」とも「俺が勝ってみせる」とも言ってはくれない。

かつての皇国の内戦で相対した〈超級（スペリオル）〉も一人いたが、あれは足止めと時間稼ぎしかする気がなかった。

だからこそ、ベヘモットは今この時が心の底から楽しかった。

ベヘモットの性質の半分、ゲーマーとしてのベヘモットがここまで心を躍（おど）らせるのは一年以上なかったことだ。

（……やっぱり、レイのパワーアップが切れないうちに正面から勝ちたいね）

相手が全身全霊（ぜんしんぜんれい）で真っ向から向かってきてくれる。

そんな嬉しい戦いを、ベヘモットもまた真っ向から打ち破らんとする。

（だけど、レイを狙って近づけばその機に月影とアドラーが奇襲をかけてくるだろうし。

……全方位攻撃みたいな大雑把なやり方はレヴィの担当だから今のわたしにはない）

この場にレヴィアタンがいれば、隠れていようが速かろうが関係なく、周囲を踏み荒らしてケリをつけてしまっただろう。

ベヘモットはレヴィアタンよりも強いが、体格差ゆえに得手不得手は存在する。

揃ってさえいれば完全無欠だったが、だからこそ分断された。

（……泣き言はなし。やっぱりレイを仕留めにかかって、あの二人が奇襲を仕掛けてくるならそれを察知して対応。わたしならできるはず）

そう判断して、ベヘモットは真っ直ぐにレイへと向かう。

既に瘴気の動きでレイの位置は把握している。

瞬く間に距離を縮め、自身の足元に手をかけるレイを倒さんとした。

そして間合いをつめたとき、自身の後方にある影から――二箇所同時に何者かが出てくることを察知した。

それは、べヘモットを中心にレイとその二者で三角形に包囲している形だった。

(なるほどね。途中から《消ノ術》でなく、アドラーも影の中に潜ってたんだ。SP切れ寸前まで攻撃してこないつもりかと思ってたけど、道理で)

月影とマリーの二人は、べヘモットがレイを攻撃した瞬間にべヘモットを攻撃する算段であろう、とべヘモットは察した。

今ここでレイを攻撃すれば、その瞬間に生じた隙に両者が急所への攻撃を敢行する。

それを凌げる公算は高かったが、それでも二割程度は攻撃を食らうだろうとべヘモットは考える。

ゆえに、べヘモットはこの瞬間には攻撃せず……、小さな体を活かしたステップでレイの背後へと回りこむことで対応する。

こうすればレイの体が壁になり、二人の攻撃は急所を狙い難くなる。

(《タイガー・スクラッチ》でレイを撃破。それから月影、アドラーの順に仕留めて詰み)

べヘモットはそう考えて攻撃態勢に移らんとして、

――レイの足元から伸びた手を見た。

（……え？）

一瞬だけ、ベヘモットの思考が空白化する。

もう一人などありえないはずだったからだ。

既に、王国側の〈マスター〉は全て見えている。レイは目の前に、月影とマリーも影から出でて、少し離れて月夜とバルバロイも立っている。

そうして一瞬だけ見回したベヘモットは、気づいた。

（……………………あ）

壁際に立つ、防御態勢を取り続ける巨大な鎧。

バルバロイ・バッド・バーンの代名詞、【撃鉄鎧　マグナム・コロッサス】。

しかし、ベヘモットがそれに《看破》を使っても……何も見えなかった。

それが意味することは、たった一つ。

【マグナム・コロッサス】の中身が……空であるということだ。

（……やられた！）

恐らくはルークが《閃光眼》でベヘモットの視界を潰したタイミング。

あのタイミングでバルバロイもまた鎧だけを残し、本人はどこかに隠れたのだ。

では、バルバロイはどこに隠れたのか。

それは――当然、影の中。


「――《天よ重石となれ(ヘブンズウェイト)》」


AGIの差で僅(わず)かに遅れ、しかし虚(きょ)を衝(つ)かれたベヘモットが離脱(りだつ)するよりも早く、影の中から這(は)い出(で)たバルバロイ……インナーのみを身につけたビースリーはスキルを発動した。

それでも最大で五〇〇倍程度の加重など、《獣心憑依(じゅうしんひょうい)》を使ったベヘモットにとっては毛布を一枚被(かぶ)せられた程度の付加にしかならない。

しかし……。

(……重い？)

その加重は、ベヘモットにすら確かな重さを感じさせるほどに強力なものだった。

(まさか、これは……)

今、自分の身に起きていることに……そしてビースリーがしていることに、ベヘモットはある可能性に思い至る。

その瞬間、ベヘモットには視界の端で微笑む月夜の顔が見えていた。

ベヘモットは己の想定外がもう一つあることを察した。

(これは、データにあったアトラスの重力場とは違う)

《獣心憑依》したベヘモットのSTRは二二万オーバー。アバターの初期値を基準に、地球の成人男性のSTRが一〇程度であるとすれば……二万人力を優に超える。

ゆえに、高々五〇〇倍の重力など、ベヘモットにとってはさほどの障害でもない。

付加効果である【拘束】の状態異常も、ベヘモットのSTRと《四苦堅牢》の制限系状態異常への耐性で効くはずもない。

それでも、今のベヘモットは明らかに動きを制限され始めている。

最初は月夜が《薄明》の対象をSTRに切り替えたのだと考えた。

実際、感覚的にそれは正しいとベヘモットは理解している。

だが、STRが六分の一になっただけでは、ここまでの制限は受けないだろう。

つまりは、この重力場も……ベヘモットの調べていたそれとは違うのだ。

「…………!」

レイの影から出てきたビースリーは、両手をベヘモットに向けながら歯を食いしばっている。本来なら、《天よ重石となれ》にそのような動作も、集中も、必要ではない。

だが、彼女が今使っているものは、ただの《天よ重石となれ》ではない。

かつての彼女とアトラスから、進化以外のカタチで一歩を踏み出した力である。

その仕掛け人――扶桑月夜は笑みを浮かべながら、あるやりとりを思い起こしていた。

□二〇四五年四月某日・T大学構内

「ビーちゃんは『テリトリーってちょっと変やなー』っておもたことない？」

ある日、〈ＣＩＤ〉の部室で月夜は唐突にそんな質問を梢に投げかけた。

「急にどうしました？」

「まーまー。ちょい聞いて。ほら、他のカテゴリーは、まず〈エンブリオ〉の本体があって、それに色んな能力がくっついとるもんやろ？」

アームズ、ガードナー、チャリオッツ、キャッスル、そしてテリトリーといった〈エンブリオ〉の基本カテゴリー五種。月夜の言うようにそれぞれに〈エンブリオ〉としての実体があり、そこに固有の能力が付随している。

しかし……。

「でもうちらのテリトリー系列は違う。実体のない能力の空間がそこにあるだけや」

テリトリーだけは、スキルとその効果範囲だけが存在する。

スキルを行使すると空間の見た目が変わる程度はするものの、他のカテゴリーを含まない純粋なテリトリーは実体というものを持ち合わせていない。

また、ハイブリッドでもメイデンやアポストルに限れば、カグヤのようにテリトリーとして力を発揮する際は実体をなくしているので純粋なテリトリーと同じだ。

「それってちょっと損してる感じやあらへん?」

「損ではないでしょう。実体がないとは、つまり壊されにくいということです。《破壊権限》のような例外も存在はしますが、基本的に他の〈エンブリオ〉のように本体を壊されて使用不可能に陥ることがありません」

梢が思い出したのは、先日のトルネ村への道行きでの狼桜との戦い。

ガシャドクロの本体である槍を砕かれた狼桜は、本人が生き残っていても〈エンブリオ〉のスキルは使用不能状態に陥った。

梢のアバター……ビースリーが行使するアトラスのように能力だけがあるのならば、そうした事態は免れる。

「せやねー。でもなー、ビーちゃん」

梢の返答に月夜は肯きながら、

「テリトリーにもう一つ利点があるって言うたら、どうする？」

そんな言葉を言い放った。

「……詳しい話を聞きましょう」

「んふふー。じゃあ実践兼ねてデンドロにログインなー。本拠地で待っとるからー」

月夜はそう言って部室内に置かれたベッドに颯爽と飛び乗って横になり、〈Infinite Dendrogram〉のハードを装着してすぐに「スヤァ……」とログインしていった。

「…………」

梢はその早過ぎる行動への反応に困ったものの、行くしかないのだろうと諦めた。

梢は事前に部室のドアの鍵は閉めてから、部室においてある備品のハードを装着してソファーに横になった。

◇

二人は王都にある〈月世の会〉の本拠地で合流した。

〈月世の会〉の本拠地は先日の脳筋襲来(フィガロしゅうらい)で壊れた後、改築と増築をしている。周囲の土地を買って以前よりも巨大になっており、『なんということでしょう』と言いたくなるほどのリフォームを遂(と)げていた。（その結果として月夜の資産が底を突きかけ、ハンニャの事件でアズライトに多額の借金を作るわけだが）

そうして今、リフォーム本拠地の大講堂で月夜は壇上(だんじょう)に立ち、ビースリーは聴衆(ちょうしゅう)席に座(すわ)っていた。月夜の傍(そば)では、いつも通りカグヤが穏(おだ)やかな笑みを浮かべている。

「まずうちのカグヤの《月面除算結界》は知っとるやろ」

「ええ」

「ほなら、基本形の〝夜〟から見せるわ」

月夜がそう言うと、カグヤは〝夜〟……テリトリー系列としての彼女の姿である《月面除算結界》に姿を変える。

実体なきこの空間こそが、カグヤである。

「ほんでここからが重要なんやけど、まずは〝燕(つばめ)〟」

月夜の言葉の後に〝夜〟が消え去り……月夜は燕とも三日月ともつかない形の蒼黒(あおぐろ)い塊(かたまり)を飛ばしていた。

「それから《陽寝墨(ひねずみ)の皮衣(かわごろも)》」

言葉の後、月夜は〝夜〟を圧縮したような蒼黒い衣を身に纏っていた。

この〝燕〟と《陽寝墨の皮衣》は、かつてのフィガロの戦いでも使用したものだ。

衣を纏いながらも、月夜は〝燕〟を飛ばしている。

「そんでまた〝夜〟、っと」

再び周囲が〝夜〟に包まれるが、月夜は《陽寝墨の皮衣》を纏ったままだった。

「って感じにスキル見せてみたんやけど、なんか気づいたことある？」

「……カグヤのスキルにはあと必殺スキルと《薄明》があったはずですが？」

「ああ、うん。それらもあるんやけどね。必殺は色々と別口やし、《薄明》はカグヤの処理能力を一点に集中するスキルで併用できひんからこっちも今回は関係ないんよ。んー、こうした方がわかりやすいかもしれへんな」

月夜はそう言うと、《陽寝墨の皮衣》を纏いながら……周囲に〝夜〟を展開した。

それから〝夜〟を消して〝燕〟にして飛ばし、あるいは〝燕〟ではなく月影の使う影のように触手……木の〝枝〟のように動かしてみせる。

そうした光景を見ていて、ビースリーも気づく。

「組み合わせ……。〝夜〟と〝燕〟や〝枝〟は併用できないということですか？　けれど、衣とは併用できる」

「うんうん。で、それは何でやと思う」

「……さっきの言葉からすれば単に併用できないというわけではないのですよね？」

「そうなんよ。まぁ、正解を言ってまうとな」

そうして、月夜はスキルを解除しながらこう言った。

「〝夜〟と〝燕〟と〝枝〟は同じなんよ」

「同じ？」

「全部、スキルとしては《月面除算結界》のまんまや。変わったスキルが生えたわけやなく、カタチが変わっただけ。だから広げたままの〝夜〟と、それを圧縮した他のカタチは併用できひん。《陽寝墨の皮衣》は別スキルやから併用できる」

「圧縮した他のカタチ……」

月夜の言葉を反芻しながら、ビースリーはその意味に思考を巡らせる。

「簡単な話や。純粋なテリトリーには実体がなく、能力を発揮する空間だけがある。せやから、カタチを変えることができる。本来は薄く広く広がるはずのカグヤの〝夜〟を、こうして〝燕〟や〝枝〟に固めたりやね。そんで圧縮した分だけ、その効力は強まるゆーことや」

全ては同一の《月面除算結界》。〝燕〟や〝枝〟は対象とする空間のカタチを変えて効果を集中させ、レジストの難易度を引き上げたバリエーション。

このように、テリトリーは実体がないからこそ……カタチに自由がある。

「うちも《陽寝墨の皮衣》を習得してから気づいたんやけどね。『あ。範囲絞られて効果強まるスキルがあるなら、普通の《月面除算結界》も固めたら強くならへん？』って」

月夜は両手を広げてからギューっと押し固めるようなジェスチャーと共にそう言った。

「まぁ、練習はめっちゃしたけどなー。それと影やん達と検証もしたんやけど、テリトリーのスキルでも形を変えるのに向いてるのと向いてへんのがあるみたいやね。ルールみたいにそもそも範囲を自分の内に固定しとるもんは特に無理っぽいよーやし。でも、ビーちゃんの《重石》なら上手くはまるんやないかなー？」

アトラスの《天よ重石となれ》はビースリーを中心に円状に広がるもの。

しかしその範囲を一方向に絞ることが出来れば……その威力は圧縮され、効果も強まることは十分に考えられる。

「なぜ、今になって……？」

ビースリーはT大のサークルである〈CID〉に入会したことで、〈月世の会〉のデータベースにアクセスする許可を得たが、今の情報はそこには記載されていない。

月夜自身が編み出した秘奥とも言える技術。

それをどうして、今になってビースリーに教えたのか。

「最近のビーちゃん、見てて面白いんやもん」

「面白い？」

「うん。前から世話焼きやったけど、今はレイやんのために一生懸命やん？　なんだか健気でちょっと応援したくなったんよ」

「………」

「それに、今ビーちゃんがレイやん達と一生懸命練っとる対【獣王】の戦術。手札は多い方がええやろ？　めっちゃ頑張れば今からでも習得できるかもしれへんよ」

□■国境地帯・議場

あれから、ビースリーは僅かな期間で月夜の教えたテリトリーの秘奥を会得した。

それはこれまで真円に展開していた結界を半円に、そこから四半円に、さらに半分に、

そしてさらに半分にしていく作業。

これまでの十六分の一の範囲にまでの、結界の圧縮。

この作業には尋常ならざる集中力が必要であり、それは圧縮重力場を制御せんとするビースリーの、歯を食いしばった表情が物語っている。

さらにこの圧縮はノーリスクではなく、制御から僅かに漏れた重力場の反動がビースリー自身の両手の骨を軋ませ、血管も破裂させていく。

それでも……ビースリーは重力場の圧縮を成し遂げている。

自らの周囲三六〇度全てに発生させていた重力場を、前方二二・五度に絞って発動する。

範囲は十六分の一になり、圧縮過程でロスを生じさせながらも形成される重力場は……

これまでを凌駕する。

その重力、最大点で五〇〇〇倍に至る。

『…………！』

五〇〇倍の重力は、べへモットにとっては毛布を一枚被せられた程度のもの。

ゆえに重力が五〇〇〇倍になっても、毛布が一〇枚になる程度に過ぎない。常人ならば致死以外にない必殺の重力であろうと、べへモットにとっては痛苦にもならない。

だが、逆に言おう。

毛布の一〇枚も被せられれば誰であれ……否応もなく動きは鈍る。

まして、今のベヘモットは月夜によってSTRも六分の一にまで落とされている。

今は常人の三七〇〇倍のSTRに対し、五〇〇〇倍の重力。

――ここに〝物理最強〟の【獣王】は初めて地に伏すこととなった。

そしてこの静止こそがビースリーの……レイ達の勝機だった。

レイが背後に回りこんだまま身動きの取れなくなったベヘモットへと向き直る。

「《シャイニング――――》」

レイが左手の砲門を照準し、《黒纏套》全体が白く、眩く、輝いていく。

AGIが元に戻ったベヘモットであるが、《追撃者》でAGIが連動したレイはそれに追いついている。間もなく《シャイニング・ディスペアー》がベヘモットの額を穿ち、傷痍系状態異常によって死に至らせるだろう。

『…………』

デスペナルティが間近に迫る中で、ベヘモットは心の中で賞賛していた。

全員が一丸となって、チームとして自分をここまで追い詰めた者達。最初に散ったルークのように、圧倒的暴力を前にしてもチームの勝利を一切諦めていなかった。

そんな彼らが、べヘモットにはひどく眩しい。

それはきっとべヘモットには絶対に至れない強さだから。

始まりからして、『他人とまともに話さずに済む』という理由からこの小動物のカタチのアバターを選んだべヘモットだから。

（そんなわたしのカタチは、嫌いではないけれど）

いずれにせよ、べヘモットにはない彼らの強さは……確かに彼女に届いた。

そのことが、べヘモットには本心から嬉しかった。

こんなに全力でぶつかって、良い勝負をしてくれる相手がいたことを。

（……ごめんね）

だからこそべヘモットは悔やみ、彼らに心で謝る。

ここで終わってしまうことを。

（……ごめんね、クラウディア）

べヘモットは空で戦っているだろう友人にも心で詫びる。

彼女との約束を破ってしまうから。

超重力に囚われて離脱できず、《シャイニング・ディスペアー》の発射は間近。

間もなく強力な貫通性能を誇る集束レーザーがベヘモットの頭部を撃ち貫くだろう。
だから、もう終わりなのだ。
〝楽しい時間〟も、〝勝利を目的とする戦い〟も、此処で終わる。
此処からは――〝一方的な蹂躙〟と〝確定した勝利〟しか存在しない。
「――ディスペアー》‼」
そして、〝最強〟を撃ち破る輝きがレイの左手から放たれる寸前。
『変身――《天翔ける一騎当千》』
ベヘモットが首から提げたアクセサリーが――金色に似た輝きを放った。

第十二話　親友

□彼女達について

今から六年前、アルター王国の第一王女であるアルティミア・A・アルターは、皇国に向かう竜車に揺られていた。

彼女は今、留学の途上にある。

アルター王国とドライフ皇国。当時は友好国であった二国、留学による交流なども行っていた。数年前にも、皇国第一皇子の長子であるハロン皇子が王国に留学している。

しかし、アルティミアは留学が単なる交流ではなく、他にも理由があると分かっていた。

（嫁入りの前準備ということね）

王国と皇国は、長く良好な関係を続けている。

それゆえに今後は王国と皇国の婚姻による同盟強化、あるいは併合も視野に入っている。

今回の留学はその準備も兼ねているのだろう、と。

父王からは聞かされていないが、アルティミアの教師であり、王国の相談役である【大賢者(アーチ・ワイズマン)】からは遠回しにそう聞いている。

今の皇王は老齢(ろうれい)であり、その皇子達もアルティミアの父と同年代であるため、婚姻相手は皇子達の息子(むすこ)となるだろう。その相手がハロン皇子であるか、あるいは第二皇子の長子であるゲーチス皇子であるかは未定だ。

だが、あと六年もすれば両者どちらかの妻に収まるのではないかと予想していた。

そのことについて、この時点のアルティミアには特に思うことはない。

王女であるなら嫁(とつ)ぐ相手が選べないことなど、この世界では普通のことだ。

(けれど、私が他国に嫁ぐとなればエリザベートは泣きそうね。……今回の留学でも大分泣かれてしまったわ)

なお、この六年後に本人より先に妹の嫁入りで一波乱あるなどと、この時のアルティミアは知る由もない。

(……そういえば皇国には、他にも私と同年代の男性皇族がいたはずだけれど)

それは第三皇子の息子。

彼は公的な場にはほとんど姿を見せたことがなく、その知名度も群を抜いて低い。

その理由は、長く病床(びょうしょう)にあるためだという。

数年前に第三皇子とその妻、そして息子と娘が爆弾テロに遭った。

第三皇子と妻は死に、息子もまた重傷を負った。その後遺症によるものか体を自由に動かせないそうで、彼は今も母の実家であるバルバロス辺境伯領で療養中であるらしい。

なぜ辺境伯領なのかと言えば、件のテロが皇位争いに絡むものである公算が高く、皇都にいては再び命が狙われる恐れがあるからだ。

そんな事情で彼は公の場には何年も姿を見せておらず、代わりにテロで唯一無事だった彼の双子の妹が皇族としての諸事をこなしているらしい。

（バルバロス辺境伯領……ね）

留学前に学んだ情報を思い起こしながら、アルティミアはちらりと竜車の窓の外を見た。

そこから見える風景こそが、バルバロス辺境伯領である。皇都に向かう旅程ではこのバルバロス辺境伯領……辺境伯の邸宅に数日逗留することになっている。

（もしかすると、件の第三皇子の子供達とも顔を合わせることになるかもしれないわね）

彼女がそんなことを考える間も竜車は進み、数刻ほどして辺境伯の邸宅に辿りついた。

辺境伯の邸宅では、老齢のバルバロス辺境伯が自ら門前でアルティミア一行を出迎えた。

アルティミアに同行していたのは、旅の中で彼女の世話をする侍女達と、護衛である近衛騎士団、そして団長である【天騎士】ラングレイ・グランドリアである。

王国最強戦力の一角が同伴している理由は、今から二〇年以上前に起きた神話級の〈UBM〉、【エデルバルサ】の襲来に起因する。

当時、王国と皇国の国境に現れた【エデルバルサ】によって王国の使節団が壊滅するという事件が起きており、万が一にもその轍を踏まないように戦力を引き連れての旅路となったのである。

それでも神話級相手では厳しいが、煌玉馬【黄金之雷霆】を有するラングレイと同行しているならば、少なくともアルティミアが王国まで逃れることは出来るという判断だ。

もしものために、アルティミア単独でも【黄金之雷霆】を駆る訓練も積んでいる。

竜車を降りたアルティミアはバルバロス辺境伯と挨拶を交わし、二、三の話もした。

そうして彼女達は邸宅の中に案内され、数日を逗留する貴賓室に通された。

貴賓室にくつろいでから、彼女は少し疑問に思った。

（なぜ辺境伯は私……いいえ、王国に申し訳なさそうにしていたのかしら）

見た限り、出迎えやもてなしの不備も見当たらない。

しかし、彼女から見て辺境伯は明らかに何か後ろめたい……そして申し訳ないことを抱えているようであった。

悪意は感じなかったが、それは気になった。

実際、このときのバルバロス辺境伯はアルティミア達に後ろめたい思いを抱いていた。

その理由は先の【エデルバルサ】の襲撃の際、全滅したと思われた使節団の中で、一人の赤子――エミリオ・カルチェラタンが生き延びていたことにある。

しかしエミリオは偶然にも【エデルバルサ】の神話級武具を手に入れてしまい、その重要性から皇王の命令で王国に帰すことが出来ず、辺境伯の養子として育てることになった。

それゆえ、辺境伯は王国の王女であるアルティミア達に申し訳ないと考えていたのだ。

アルティミアがここに逗留すると決まった時、真実を話すことも考え、悩んでいた。

しかし結局、皇王が存命中の今は言い出すことも出来なかった。

皇王の意思に背いて話せば、辺境伯家だけでなく今は養子であるエミリオ、そして自分達が保護している第三皇子の子にも累が及ぶかもしれなかったからだ。

断腸の思いで、辺境伯は口をつぐんだ。

心労のためか、彼は五年後に皇王の代替わりを見届けてから、エミリオ……今はギフテッド・バルバロスという名の養子に辺境伯の地位を譲って亡くなることになる。

「……あれこれ考えていても仕方ないわね。今日の鍛錬をしましょう」

結局、辺境伯の態度の理由はアルティミアには分からなかったので、少し気分転換に鍛錬をすることにした。先立って辺境伯邸の鍛錬場の場所は聞いている。(聞かれた方は不思議そうな顔をしていたが)

アルティミアは護衛の近衛騎士達に一言告げてから、鍛錬場へと向かった。

◇

そうしてアルティミアが入った鍛錬場には、先客がいた。

彼女と同年代の少女が、室内用なのか二メテル弱程度の長さの槍を振るっている。

それ自体はおかしいことではない。鍛錬場なのだから、利用者がいるのは当然だ。

しかしここでの問題は……その少女の槍が極まりすぎていたこと。

少女の槍には音がない。

風を切る……空気の壁にぶつかり、掻き分けるようなロスがない。

最適に、最良に、最高に、一切の無駄がない文字通り流れるような槍捌き。柄に這わせた指の運びも、踏み込みの一つも、全身の関節と筋肉の駆動すら、一糸の乱れもない。

少女は長い金髪をしていたが、その髪の動きにすらも無駄が見えず、まるで自然の風か清流のようであった。

それは演舞ではない。

ただ、実戦的な動きを繰り返しているだけだ。

そうでありながら……恐らくはあらゆる演舞よりも美しい槍の舞がそこにあった。

けれど、アルティミアは……。

その美しい舞を見て、ポツリとそんな言葉を呟いてしまった。

「機械仕掛け……」

「…………」

彼女の言葉に、槍の少女は静止した。

アルティミアは「しまった」と思ったが、口に出した言葉は戻せない。

だって、思ってしまったのだ。

一切のロスがなく、自然の動きの権化とも言える少女の槍の舞。

けれどそこには、感情すらも見えなかった。

一切の無駄がないその槍の動きを見て、アルティミアが思い出したのは機械仕掛けのオルゴールだった。

かつてハロン皇子が王国に来訪した際に彼女に贈った、音楽に合わせてクルクルと人形が回るオルゴール。

彼女にはどうしても、そのオルゴールと目の前の少女が同じものに見えていた。

心が動かされるほどに美しいけれど、それそのものには心が入っていないから。


あるいは、世界で彼女だけがそう思えたのかもしれない。


「…………」

槍の少女は静止したまま……顔だけをアルティミアに向けている。

その視線は、値踏みするように……ではない。

まるで機械が解析でもするかのような目で、アルティミアを見ていた。

視線を僅かに落とし、アルティミアが鍛錬用の剣を携えているのを見て……。

「仕合いましょう？」

前置きも何もなく、少女はそう言ったのだった。

それは問いと言うよりも、そう述べる自身への疑問が混ざったような声音だったが……。

「ええ」
アルティミアは、少女の提案に即応した。
アルティミアは、彼女が自身の発言に腹を立てた……のではないと理解していた。
恐らくはこれほどの才覚に溢れた少女であるから、気づいたのだろう、と。
彼女が【聖剣姫】……生まれながらに剣の才を継承して生まれてきた存在である、と。
剣の才を継いだアルティミア。
槍の才の化身とも言うべき少女。
アルティミアは少女の名前すら知らない。
けれどそれが自然と言うように、惹かれるように、二人は鍛錬用の槍と剣を向け合う。
どちらが先だったのか。
二人は動き出し――二人にとって最初の仕合を始めた。

◇

「……私の負け、ね」

一時間後、鍛錬場の壁に背を預けて荒く息を吐きながら……アルティミアはそう言った。

しかしそれは少女の才がアルティミアの才に勝った……という話ではない。

少女がその槍の才を使いこなす中で、アルティミアは自身の才を半分も使えなかったことがこの結果の理由だ。

【聖剣姫】としての力は【アルター】がなければ発揮されないが、【アルター】は王国の至宝の一つであり、皇国に持ち込むわけにはいかないため彼女の手元にはない。

また、彼女の剣技も【アルター】の絶対切断能力を前提とした剣技であり、通常の剣では本領を発揮できない。

ゆえに剣の師であるラングレイから学んだ海賊剣術の流れを汲む剣技で挑んだが、結果は少女の体に刃が触れることすらなかったのである。

（けれど、そういった事情もなく、純粋に才を比べても……勝てたとは言えないわね）

それほどまでに、少女の才覚は異常だったのだ。

攻防の両面において、一切の隙がなく、一切の無駄もない。

そのためか、一時間の仕合を終えても……少女は息の一つも乱してはいなかった。

（この子、もしかしたら師匠よりも……）

今の年齢でアルティミアの剣の師である【天騎士】ラングレイさえも超えているかもしれないと、アルティミアは考えた。

「いいえ。私はまだ【天騎士】には至りません」

そのとき、槍の少女はまるでアルティミアの内心を読み取ったように、そう言った。

「え？」

「かの騎士は守る力であり、私は槍を繰るだけの力。ゆえに比較は出来ず、武技で勝っていたとしても、存在として勝っているわけでは……失礼。少々お待ちください」

少女は機械のように平坦な声音で言葉を連ね、それからその口を閉じて……。


——自分の額を槍の柄に叩きつけた。


「なっ⁉」

アルティミアが驚愕と共に目を瞠る中、少女は額を柄につけたまま微動だにしない。

ゴツンと音がするほどに強く叩きつけたために、中身がどうにかなってしまったのかという疑念すらも湧く。

額から血を流し、それから一〇秒も経って……。

「……お待たせいたしましたわ！　失礼な態度をとってしまってごめんあそばせ！」

……少女はまるで異なる口調と声音、そして態度でそう言ったのだった。

目をキラキラと輝かせながら、少女は更にまくし立てる。

「私、鍛錬に集中するとどうにも陰気になってしまいますの！　不躾なことも言ってしまいますし……何より挨拶もしないままいきなり仕合を申し込んでしまったこと、本当にお詫びいたしますわ！」

そう言って頭を下げる少女には、先ほどはなかったはずの無駄が溢れていた。

けれど、体の動きの無駄はないままだったため、今の少女と先の少女が同一人物であることはアルティミアにも理解できていた。

「え、ええ……。私こそ鍛錬の邪魔をしてしまってごめんなさい」

「いいのですわ！　むしろ感謝したいくらいですわ！　一人での練習より、仕合の方が良い経験になりますもの！」

少女はニコニコと、天真爛漫な笑顔で言い切った。

「何より、同年代でこんなに武技を競える相手なんて初めてですもの！　私、とっても嬉しいですわ！」

「……そう」

その気持ちは、アルティミアにも少し理解できた。

生まれながらに【聖剣姫】であったアルティミア。

同年代に彼女のような運命を背負ったものは他にはいない。

ラングレイの娘であるリリアーナや、【大賢者】の愛弟子であるインテグラといった友人はいたが……それでも少しの孤独は常に抱いてきた。

けれど、少女はきっとアルティミアに近いものだ。

全く別の運命ではあるが、そのベクトルと総量はきっと……似通っている。

だからこそ……二人は僅かな言葉を交わすと共に打ち合ったのだろう。

「あ！　ごめんあそばせ！　私ったらまだ名乗りもしないで……」

「こちらこそ、ね。私の名前はアルティミア・A・アルター。アルター王国の王女で、ここに五日ほど逗留させてもらうことになっているわ」

「存じていますわ！　私の名前はクラウディア・L・ドライフ！　お父様は第三皇子でしたから皇族の末席ですわ！」

それを聞いてアルティミアは彼女――クラウディアが亡くなった第三皇子の子供……療養中の息子ではなく、公的な活動を行っている娘の方であると知った。

同時に、一つ気に掛かった。

「私のことを知っているの？」

「ええ！　私、学園では貴女のお世話係を務めることになりますの！」

「アナタが……？」

皇女の一人がその役目を務める、ということがアルティミアには少し気になった。

それが王女であるアルティミアへの配慮なのか、それともクラウディア、延いては皇国側に何らかの事情があるのか。

「だから、これからも頻繁に仕合ができますわ！」

クラウディアはとても嬉しそうに、感情を前面に出してそう言い切った。

「これからも……？」

「あ、ご、ごめんあそばせ……。私ったら了解も取らずに勝手なことを……」

アルティミアの反応に、クラウディアは少し怯えるような声音になった。

その姿は、先刻の槍の才能の権化とも言うべき姿とは少し離れている。

けれど、年頃の少女らしいクラウディアが……アルティミアには少し微笑ましかった。

「いいえ。謝る必要はないわ。私も嬉しいもの」

「え？」

「仕合は私も望むところよ。学園での三年間、よろしくね……クラウディア」

アルティミアはそう言って右手を差し出した。

その握手は、友達になろうという彼女からの申し出だった。

クラウディアは、その右手をジッと見つめて。

「……ええ！　もちろんですわ！　アルティミア！」

輝くような笑顔で、握手を交わした。

◇

それからの三年間で、二人は一番の親友になった。

武技を競う仕合だけではなく、日常の生活も二人で一緒に過ごした。

学生らしく試験に頭を悩ませて、お互いの好きな本を紹介しあって、年頃の少女らしく街への買い物にも一緒に出かけて。……いつしか二人は王女と皇女ではなく、【聖剣姫】と【衝神】でもなく、ただの友人同士だった。

そうしてアルティミアが留学期間を終えて帰国した後も、文通による交流を重ねもした。

そんな二人は皇国の政変と王国との戦争で交流を断たれた。

けれど、今日の日に講和会議で再会して……今一度、仕合う。

お互いの守るべきもの、欲するもののために……。

アルティミアは、かつての仕合では一度も使わなかった【アルター】を携え。

クラウディアは、機械の体と数多(あまた)の特典武具を身につけて。

久方ぶりの……あるいは最後になるかもしれない仕合を。

剣舞(けんぶ)の如く、槍舞(そうぶ)の如く、――遥(はる)か天空で繰り広(ひろ)げる。

□■国境地帯・上空

銀と翡翠(ひすい)の疾風(しっぷう)が、空中に輪を描(えが)きながら接触(せっしょく)と乖離(かいり)を繰り返す。

銀色は【白銀之風(ゼフィロス・シルバー)】、名工フラグマンの作りし煌玉馬の番外機体。

駆るはアルター王国第一王女にして、【聖剣姫】アルティミア・A・アルター。

翡翠色は【翡翠之大嵐(ジェイド・ストーム)】、名工フラグマンの作りし煌玉馬の二号機。

駆るはドライフ皇国皇妹にして、【衝神】クラウディア・L・ドライフ。

【翡翠之大嵐】は空中に圧縮空気の足場を作りながらの疾走であるのに対し、【白銀之風】は風を噴射しての飛翔である。

飛行方法の違いはあったが、両者の速度に大差はない。

あるいは打ち合うためにどちらかが速度を調整しているのか。

煌玉馬に騎乗した両者が空中で仕合始めてから既に七合の激突。

その間、お互いに傷は一つも受けていない。

しかしそれは、決して優勢と劣勢に分かれていない訳ではない。

「……ッ！」

七度目の交錯の後、銀色――アルティミアは冷や汗を流した。

（また、凌がれた……！）

それはこれまでに仕掛けた七度の攻撃、その全てが受け流されたからである。

あるいは通常の武技の競い合いであれば、それは驚くには値しないことかもしれない。

相手が防戦一方ということであり、見ようによっては彼女の優勢と言えるだろう。

だが、違う。明確に違う。

なぜなら、アルティミアは【元始聖剣 アルター】を使っている。

あらゆるものを断ち切る【アルター】の斬撃を——全て防がれている。

万物、そしてエネルギーに至るまで、【アルター】の刃に切れぬものはない。

ゆえにその攻撃を防ぐなどありえないはずで……そのありえないことが七度起きている。

(側面で、受け流されている……!)

アルターの刃は如何なる防御も切り裂くが、刃である以上は側面で切り裂くことはない。

ゆえに、クラウディアは【アルター】の側面に力を加えることで……斬撃の軌道全てを逸らしているのだ。

たしかに切れる刃を側面で流すことは道理であり、基礎とする流派もある。

だが、音速に近い交差の中で、エネルギーすらも断ち切る【アルター】の動作を完全に見切り、僅かも槍に刃を食い込ませずに逸らしきるなど、人間業ではない。

(……相変わらず、ね)

アルティミアは、クラウディアの才能がおよそ人界のそれではないと知っている。

なぜなら学生時代に幾度も試合をした相手であり、恐ろしい事実も聞いている。

それは、二人の初めての仕合の時期について。

アルティミアが完膚なきまでに敗北したあの日の時点で――クラウディアは槍を使い始めてまだ一ヶ月しか経っていなかった。

武術を学び始めて僅か一ヶ月で、【聖剣姫】として修練を積んできたアルティミアを汗一つ零さず圧倒したのだ。

（腕は落ちてないし、上がってもいない。けれど、それも当然と言えば、当然ね。……既に到達しているのだから）

彼女の技量を、彼女以外の誰よりも知っているからこそ、アルティミアは納得する。

クラウディアの技巧こそが完璧であり、それ以外はきっと歪みと評されるものである、と。

（得物を巨大な馬上槍に替えても、僅かな劣化もない……か）

〈マスター〉の言葉に、『弘法は筆を選ばず』という格言がある。

クラウディアとは、正にそう言った存在だ。

槍であろうが、馬上槍であろうが無関係。

恐らくは槍を選ばずとも……選んだ武器で【神】に至る。

この世で五指に入るほどに、彼女は技術の扱いに秀でていた。

アルティミアの才能が【聖剣王】の……初代アズライトから続く血に由来するも

のであるとすれば、クラウディアは天の才。

否、それでは足りない。

天才という言葉では足りない。

異常という言葉すらも生ぬるい。

あるべきではない、という言葉でようやく届く。

それがクラウディア・L・ドライフという少女の才である。

(本当に、相対する私自身の正気を疑う腕前ね)

かつてのアルティミアはクラウディアの槍を機械仕掛けと評したが、言いえて妙である。

なぜなら、クラウディアという少女は、それこそコンピュータにソフトをインストールする程度の気楽さで槍を極めてしまったのだから。

この世界で概念的な神は信奉されていないが、もしもいるとすれば彼女は神の作った機械のようなものであるだろう。

(けれどね、クラウディア)

しかし、それほどの相手であっても……。

(ここでアナタに怯えるような私なら、アナタの親友を続けていないわ)

――それほどの相手であっても、アルティミアに臆する気持ちは微塵もない。

必殺の剣を七度凌がれようと、それはアルティミアの敗北ではない。

剣も、振るう両手も、奮える魂も、未だ健在。

ならば、勝負の決着には程遠い。

「良い顔ですわね、アルティミア」

八度目の交錯の最中に、風に乗せてクラウディアの声が聞こえた。

「昔から、剣を執った貴女は本当に素敵ですわ」

それは交錯の後に距離を離しても耳に届く。あるいは、クラウディアの騎乗した【翡翠之大嵐】が、何らかの機能で風から声を伝えているのかもしれない。

「貴女が私と向き合い続けてくれたから、私は自分がたった一人だと思わずに済んだ」

「…………」

「誰も私についてこれない。『才能が違うのだから敵わない』とさっさと諦めてしまう」

それはクラウディアが幾度も見た光景だ。

槍を始めたその日にも、あるいは学園の中でも、……皇国の内戦の最中ですら。

「でもアルティミアは違う。仕合に負けても、心が負けたことは一度もありませんでしたわ。私の才能を上に置いて屈することは一度もなく、『今は負けていても次は勝つ』と心に強く抱いていた。そうして……本当に負けたこともありましたわね」

「……そうね」

クラウディアの言葉に、アルティミアも応じる。

疾走する馬上で放たれたその声は、やはり何らかの力でクラウディアに届いた。

「私、アルティミアが好きですわ」

「私もよ。アナタは、私の親友だもの」

二人は言葉を交わしながら、九度目の交錯をした。

「……ねぇ、アルティミア。気づいていましたかしら？　私、あなたにはいつも三つの想いを抱いていましたの」

「…………」

二騎はこれまでよりも小さく円を描き、十度目の交錯。

「友情。私の初めての友達で、生涯の親友」

十一度目の交錯。

「熱情。皇国の槍として、誰よりも刃を交えたい相手」

十二度目の交錯。

「そして――愛情」

十三度目の交錯は……剣を合わせずにすれ違った。

言葉だけが、風に乗せて届く。

「この世の誰よりも愛しくて、手に入れたい相手。私の……この気持ちはご存知でして？」

「知っていたわ。学園の頃からね」

即答したアルティミアに、クラウディアはわずかに目を瞠った。

「……うふふ。知っていても、私を拒絶はしなかったんですのね」

「ええ。それはアナタの友情までも否定する理由にはならないもの」

親友が同性である自分に道ならぬ想いを抱いていることは、友となって一年経った頃には気づいていた。

しかし、愛情を理由に友情を否定する気は、アルティミアにはなかったのである。

また、今このときまで秘めた想いを告白されることもなかったため、アルティミアからは言及しなかった。

けれどそれは、先延ばしにしていたわけではない。

彼女がその想いを打ち明けたときに、返す言葉は既に定めていた。

「アナタがいつか想いを口にしたときに、私も答えようと思っていた言葉があるの」

そうして、アルティミアはシルバーの足を止めた。

クラウディアもまた、空中に静止して彼女の言葉を待つ。

「私はアルター王国の剣にして、王族の代表。アナタとは最期まで親友だけれど、愛は決して受け入れない」

「……私も、知ってましたわ」

告白に対し、そのような言葉を返されることは……クラウディアも予感していた。

しかし……続く言葉に、クラウディアは再度目を瞠った。

「当時から持っていたこの答えは今も変わらない。だから、私がアナタと夫婦になって、両国を統治することもないわ」

それはただ告白を断っただけではない。

ひどく重要な意味合いを含んでいたために……クラウディアも僅かに驚愕を抱いた。

「アルティミア……もしかして知っていましたの？」

「そのとおりよ。クラウディア……いいえ」

アルティミアはそこで言葉を切って、

「ドライフ皇国皇王――クラウディア・ラインハルト・ドライフ」

クラウディアに向けて、断言するように言い放った。

「…………」

アルティミアが放ったその言葉に、クラウディアは言葉を返さなかった。

否、返せなかった。

それが、正解であったからだ。

「否定しないのね。否定すれば《真偽判定》にかかるから、意味はないでしょうけれど」

ゆえに、沈黙は肯定である。

「……何時、知りましたの？」

「実は半分鎌掛けよ。もう半分は、講和会議ね」

「……あのレイ・スターリングに看破されたときですの？」

「いいえ、その少し前よ」

それは皇国の仕掛けた悪辣な落とし穴を、レイが看破する直前。

円満な締結のために、少しずつ条件を詰めていたときのこと。

「あのとき、私達は条約の内容を詰めて、調整して、最終案に持っていった。けれど……アナタはその後で皇都に連絡を取らなかった」

「………」

「最初からこちらを読み切ったような条約だったとはいえ、国家間の取り決め。変更が加わったのなら現場だけで済ませず、最上位である王に伺いを立てるのが普通よ。私は国王代理で、父がいない今は王国のトップだけれど……アナタはあくまで代理人として来ていた。本来は、アナタの上に皇王である兄がいるはず」

この講和会議におけるクラウディアは全権代理人ではあるが、それでも皇国のトップではないはずだった。

しかしそうであるならば、行動に疑問が残る。

「通信魔法は使っていなかったし、【テレパシーカフス】では距離が遠い。そもそも、私ですら連れて来ていた通信魔法用の人員を皇国は連れて来ていなかった」

皇国側は、明らかに皇王に連絡する気がなかったのだ。

「その理由は一つ。伺いを立てる必要がなかったから」

「……」

「アナタ自身が皇王だったからよ。そうよね。クラウディア・ラインハルト」

再度、アルティミアは親友をフルネームで呼んだ。

「皇国の慣わし。双子はお互いの名前をミドルネームにする。……昔、ラインハルトの名前を聞いてからアナタに教わったことよ」

「……そんなことも、ありましたわね」

かつて、アルティミアは学園で一度だけラインハルトと会っていた。その後にクラウディアから彼の名前を聞き、同時にこの慣わしについても聞いていたのだ。

そして、アルティミアはある結論に至る。

「本物のラインハルトは、皇位継承の内戦で死んでいたのね」

親友が皇王の座についているのならば、かつて一度だけ会ったあのラインハルトはもうこの世にはいないのだろう、と。

「皇国も王国と同様に男子継承が主流。旗頭であるラインハルトの死を隠しながら、アナタが実質の皇王として就いた。軍のトップであるバルバロス元帥はアナタの叔父、それに政治のトップであるヴィゴマ宰相はアナタの家庭教師だったと、以前アナタの口から聞かされていたもの。側近を信頼できる人々で固めたなら、死を隠し通すこともできたでしょうね」

《看破》で名前がバレる危険は……実は少ない。

なぜなら、高レベルの《看破》すらも誤魔化せる装備を、王族は有しているものだからだ。黄河において【龍帝】の名を隠すために使われた【字伏龍面】が有名だが、アルティミア自身もそういった装備を身につけてお忍びで動くことは多々ある。

そうした装備をクラウディアも持っていたのならば、亡くなった兄に代わって皇王を演じることは出来る。

「学園で会った頃から瓜二つの双子。【化粧師】などのスキルで多少の修整を入れれば、気づかれないでしょうね」

それがアルティミアの推測だった。

「………………」

その推測を聞き終えたクラウディアは少し沈黙してから、

「七割正解ですわ」

なぜか少し困ったような顔でそう言った。

「……七割？」

「途中まで正解でしたけれど、最後のあたりで大幅に逸れましたわ」

それは彼女が皇王であることは正しく、しかしその後の何かが間違っていたということ。

その何かとは……。

「私の兄のラインハルト・クラウディア・ドライフは皇位継承戦では死んでいませんわ」

ならば深手を負い、クラウディアに後を託して隠棲でもしているのだろうかというアルティミアの予想は……。

「だって――九年前の爆弾テロでとっくに死んでいますもの」

あまりにも想定外の言葉で、覆された。

「え……？」

九年前には死んでいる。

それでは理屈に合わない。

アルティミアが留学した六年前の時点では、生きて療養中だったはずだ。

何より、アルティミアも五年前に学園で出会っている。

そんな疑問が次々と湧き起こるアルティミアに対し、

「少しお待ちになってくださいね。こういう話はお兄様から」

クラウディアはそう言って――槍に額を押し付けた。

それは初めて会ったあの日のようであったが、あの時とは違って静かに押し当てただけだった。

しかし、それから一〇秒も経たぬ間に再び瞼を開けて……。

瞑目して、静かに佇むクラウディア。


「――お久しぶりです」

そう言った彼女の顔は……ほんの数秒前と全く異なっていた。


感情というものが一切見えない、まるで人形のような表情。

ひどく滑らかに言葉を話すそれは、あたかも機械仕掛けのようで――最初に会ったときのクラウディアのようで。

「私が皇王担当……『兄』の『ラインハルト』です」

別人のような表情と気配で、クラウディアだった者はそう名乗った。

「ライン、ハルト……?」

「はい。私が『兄』と、『機械』と、『政治』の担当。『ラインハルト』です」

クラウディア……否、ラインハルトと名乗った存在はそのような言葉を繋げた。

そしてラインハルトと名乗る彼女に……恐ろしいことに《真偽判定》は反応しない。

間違いなく、眼前の存在は自らを『ラインハルト』と規定しているのである。

「どういう意味かしら？」

アルティミアの当然の問いに、ラインハルトは答える。

「どこからお話ししたものか。まずは共通の認識から詰めていきましょうか」

そう言って、ラインハルトは手綱を握ったままの左手で自らの心臓付近を指し示す。

「このクラウディア・ラインハルト・ドライフは比類ない才を持っています」

「……そうね」

「一つはあらゆる技術を身につけることができる才能」

特殊超級職を除くあらゆるジョブに適性を持つアバターを与えられた〈マスター〉と違い、ティアンにはジョブに対する適性が存在する。

向き不向き。それは言ってしまえば才能の違いであるが、ことクラウディアはその才能において他者と隔絶していた。

「クラウディアは望めば何でも出来るようになりました。何にでもなれました。槍を手にとって【衝神】となったのは偶然であり、あるいは他の超級職を修めることもできたでしょう。この身が【機械王】でもあることがその証左です」

「…………」

あの学園で出会った時点で、ラインハルトがクラウディアであったのならば。

それは【機械王】もまたクラウディアであったということだ。

戦闘職の【衝神】と生産職の【機械王】、その二つを同時に極めている時点で尋常のティアンではありえない。

「……さっき、『二つは』と言ったけれど」

「はい。クラウディアにはもう一つ才能がありました。それが、私という存在の理由です」

そう言って、再びラインハルトは左手で自らを指す。

「その才能とは、自らを改造する才能です」

「改造……？」

「クラウディアは必要に応じて自らの内面を自由に改造できました。付け加えると、肉体的に改造を加えたのはほんの一年前です」

「……そうね。私の知るクラウディアは、切り落とした後にも動くような奇怪な腕ではなかったわね」

学園では共に寮の入浴場に入ったことが幾度もあったが、少なくともその頃は生身であったはずだ。

「流石に皇国の特務兵達や彼らに雇われた〈超級〉を相手取っては、クラウディアといえども無傷では済みませんでした。〈遺跡〉で見つけた煌玉人の残骸とデータから作った義肢を試す良い機会にはなりましたが」

戦闘用の義肢をキリキリと音を立てて動かしながら、ラインハルトは特に気にした様子もなくそう言った。

「話を戻しますが、ラインハルトはクラウディアが必要に応じて自らの内面を改造し、作り上げた人格です」

そしてやはり何の躊躇いもなく、ラインハルトはそう告白した。

「多重人格……と言うよりは仮想人格です。魂はクラウディアのもの一つであり、用途に応じて使い分けるための人格が私です」

「……仮想人格」

「感情に重きを置くクラウディアと違い、私は感情を排して思考し、クラウディアと皇国のための方策を練るのが役割です。今のクラウディアに、そうした思考は向いていません」

それは先刻の講和会議で提示した罠の如き条約も、クラウディアの仮想人格であるラインハルトの練ったものであるということだ。

また、仮想人格の利点は他にもある。

同一人物であっても思考や価値基準の違いから、単独では導き出せない結論にも到達できる。〈マスター〉の世界にある、『三人寄らば文殊の知恵』という言葉のように。

「……クラウディアの仮想人格、ね」

人格を自ら作るということが出来るのかと疑問を抱いたが……、しかしそれもあらゆる技術に秀でるクラウディアならばありえるとアルティミアは考えた。

『なぜクラウディアにそんなことができるのか』は理解できなかったが、そうであると認めることは出来た。

そして、これまでのラインハルトの口振りからすると、『なぜ』という答えはクラウディア自身も知らないかもしれないとアルティミアは考えた。

「私という存在については、ご理解いただけましたか？」

「……ええ。……ラインハルトを名乗っているのは、亡くなった本物のラインハルトに近い人格を……クラウディアが自ら生み出したということかしら？」

なぜ作られた人格が『ラインハルト』と名乗っているのか。

その理由を亡くなった兄への思いからだと考えたアルティミアの問いは、

「いえ、全くもって違います」

『ラインハルト』にあっさりと否定された。

「そもそも亡くなったラインハルト・クラウディア・ドライフは、クラウディアとも今の私とともまるで違う普通の子供でした。こんな機械染みた人格ではありません」

その自虐はラインハルトなりの諧謔だったのかもしれないが、……あまりにも平坦すぎる表情と声音で笑う要素は一切見出せなかった。

「付け加えれば、二卵性だったので顔も似てはいても瓜二つではありません。しかしそのことについては誰からも指摘されませんでしたね。双子というだけでクラウディアと同じ顔であることに疑いを抱かれませんでした。私がラインハルトとして顔を出し始めたのが爆弾テロから数年後、成長期を省いてこの顔を見せた結果かもしれませんが」

アルティミアもまた学生時代にラインハルトの顔がクラウディアと瓜二つ、と言うより同一であったことには疑問を抱かなかった。

それは、クラウディアとラインハルトの纏う雰囲気があまりに別物であるからだろう。

「それと、死んだラインハルト・クラウディア・ドライフの魂が宿っているといった死霊術関連の事案ではありえません。専門家……【冥王】の診断を受けましたから。この体に魂は一つきりです。それに彼の魂は爆弾テロの現場でまだ彷徨っていたそうですから。【冥王】にはそちらの処理もお願いしました」

幼くして亡くなった本物のラインハルトに些かの興味もなさそうな口調で、仮想人格『ラインハルト』はそう言った。

「それなら……どうしてラインハルトなの？」

「それは名前の由来ですか？　それとも、この人格の由来ですか？」

「……両方よ」

　アルティミアの言葉に、ラインハルトは頷いて答え始める。

「名前についてですが、最初にラインハルト・ドライフが生きていること
にしようと考えたのは母方の祖父、先代のバルバロス・クラウディア辺境伯でした」

　アルティミアはそれを予想外だとは思わなかった。公的な人物の一人二役など、彼女だ
けではなしえない。少なくとも近しい誰かの協力は必要だ。

　そして両親と兄を亡くしたクラウディアにとって、それは祖父であり、庇護者であった
先代辺境伯以外にはありえない。

「理由は、クラウディアの安全のためでした」

　自らの顔を指差しながら、言葉を述べる。

「当時から既に、皇国は内部で皇位を巡っての諍いが起きていました。これは父方の祖父
……先代の皇王が推奨していたようなものです」

　第一皇子と第二皇子。

有力な派閥を率いる両者のどちらも皇太子として立てないまま、競わせ続けていた。

【エデルバルサ】事件後のエミリオの確保も含め、先代の皇王は皇国の増強のために手段を選ばない人間であった。

「皇子やその息子達による暗闘。その中で、第三皇子派というものは小さいですが、存在していました。バルバロス辺境伯家や、いくつかの地方貴族を中心に構成されていました」

しかし第三皇子が次期皇王となる線は薄かった。

恐らくは第一皇子と第二皇子のどちらかが皇王となり、第三皇子は皇弟として新たな公爵家になるか、あるいは息子であるラインハルトが母方の実家である辺境伯家を継ぐことになるのが自然だった。

それでも、第一皇子と第二皇子が暗闘により共倒れすれば、次の皇王として立つ確率は存在し、それゆえに支持者もいたのである。

「ですが、爆弾テロで第三皇子であった父とその嫡子であるラインハルト・クラウディア・ドライフが亡くなりました。そうなると、第三皇子派は瓦解します。そうなったとき、元第三皇子派が他派への手土産に妹を脅かす危険があると、辺境伯は考えたのでしょう」

ゆえに、辺境伯はとある決断をした。

「だからラインハルト・クラウディア・ドライフを『まだ生きている』ことにして、辺境伯家で療養中と言い、第三皇子派の瓦解を防ぎました」

第三皇子の子であるラインハルトは生き残っており、まだ目は残っていると第三皇子派の者達に告げたのである。

「……よく隠し通せたものね」

「綱渡りです。真実を知る者は極一部。そして、《真偽判定》を持たない者に嘘の情報や、病床のラインハルトに扮したクラウディアの言葉を伝える。その者は捏造された情報を聞かされて真実と思い込み、思い込んだままさらに他の者に伝える。偽の情報で《真偽判定》をすり抜けるには、本心から信じこんでいる必要がありますから。この工作以降、《真偽判定》を受けないように祖父自身はずっと邸宅に篭りきりだったようですが」

そうしてラインハルトの死を隠し、キリのいいタイミング……次の皇王が決まった頃に『療養生活を続けていたが、ついに亡くなった』と発表するつもりだった。

その頃にはクラウディアの身の安全を確保する算段もついていると考えて。

ただし、そこで一つの問題が生じる。

「そうして隠蔽を始めて四年程度は隠せていたようですが、テロから四年経っても療養が終わらず、他の皇族の前に姿を現さないことを不審がられました」

それは当然と言えば当然の出来事だった。

むしろよく四年も引き延ばせたとさえ言える。

「皇族達の前でラインハルトの生存を証明する必要がありました」

「……既に死んでいる人間の生存を証明？」

「だから、本心から信じ込む必要があったのです。自分がラインハルトであると、信じ込む存在が必要だった」

そうして、話は『理由』に繋がる。

「そのための私……『兄』の『ラインハルト』です。私は皇族達の前で、本心から『私がラインハルト・クラウディア・ドライフだ』と名乗り、生存を証明しました」

「…………」

《真偽判定》をすり抜けるほどに、自らを騙し切る仮想人格。

それを人為的に作り上げる行為は、最早自己暗示という域を凌駕している。

「でも、アナタは……」

「ええ、当時は本当に自分を『ラインハルト・クラウディア・ドライフ』と認識していました。ですが、今は仮想人格であることを自覚しています。皇王になって隠す必要もなくなったので、クラウディアが繋げました」

ラインハルトは至極あっさりと、自らが偽りと自覚したことを告げた。

「けれどアナタと学園で一度会ったときは、まだラインハルト本人だと信じ込んでいました。あの頃はまだ『ラインハルト』として行動し始めたばかりで、『私』の方には自覚もないままに一人二役で生活していましたからね」

クラウディアの方は自覚していたため、フォローやアリバイ作りに回っていた。

特に、ラインハルトが【機械王】としての作業を行う際に、クラウディアだけが手伝いとして加わるというのはその最たるものである。

なにせ、体は一つしかないのだから。

「誤算だったのは、整備士系統についてです」

「整備士系統？」

「どこで話が膨らんだのか、『ラインハルトは療養中に【整備士】として修行を重ね、卓越した実力を持っている』という話になっていました。火のないところに立った煙。あるいはどこかの派閥が実物との落差で貶めるために流したものだったのかもしれません」

「……まさかとは思うけれど」

「はい。私が【機械王】であるのはそのためです。貶められ、そこから暴露に繋がっても困るので、一通り修めました。そのころには条件を達成して【機械王】になっていました。お陰で、様々な雑事を任されてしまいましたが」

そんな理由で超級職を複数獲得してしまう。

まして、皇王となった今は特殊超級職【機皇】にも就いている。

改めて、クラウディアはあるべきでない才能の持ち主であった。

「名前の理由はその程度です。そして人格の理由ですが……」

そのとき、初めてラインハルトの表情に『悩み』というものが浮かんだ。

「結論から言えば、私の人格が元々のクラウディアに近いものです」

「?」

その言葉の意味を、アルティミアは理解できなかった。

あるいは、アルティミアにだけは理解できない事柄だった。

「アナタが知るクラウディアは、どんな人格ですか?」

「……天真爛漫で、感情に溢れて、私を振り回すけれどどこか可愛くて」

「貴族の令嬢のテンプレートのような口調の、クラウディアでしょう?」

「ええ。初めて会った日からそうだったでしょう?」

初めて仕合ったときだけは違ったが、それ以降は初日からずっとそうだった。

確認するように問うアルティミアに、ラインハルトはやはり頷いて。

「はい。あの日、クラウディアはそのように人格を改造しました」

「…………え？」

「アナタと仕合っていたときまで、クラウディアの人格は今の私とほぼ同一でした。それが、アナタと出会って変わった」

答えを理解し切れなかったアルティミアに向けて、ラインハルトは言葉を続ける。

「初めて友達になりたいと思った相手を見つけ、一目惚れをして、不躾な言葉で話しかけてしまったことに悩み、『このままでは嫌われる』と初めての怯えを得た」

それはクラウディアにとって初めての出来事。

脳髄が、あるいは魂が抱えた……感情という名の巨大なバグ。

しかし、だからこそ彼女はそれが愛おしかった。

「それからクラウディアは貴女も知っているように額を打ちつけて、一〇秒ほど掛けて……今のクラウディアに人格を大きく改造しました」

「…………」

「ベースは爆弾テロに遭う前、皇女の一人であるクラウディアと友人になろうとしていた貴族令嬢の誰かでしょう。友達になろうとする人間を、クラウディアはあのくらいしか知らなかったはずですから。貴女と友達になるために、それをトレースして組み込み、人格を改造した。あれが初めての人格改造ですが、出来てしまった」

規格外のクラウディアも、それまで自らの人格を改造することに意義を見出してはいなかった。自らの人格改造が『可能である』ことは知っていたが、改造する必要を認めていなかった。

男性でも女性でもない機械のような人格で、日々を消化するように過ごしていた。

しかし、彼女が自らを変える必要に駆られたのが……嫌われてしまうかもしれないという感情を覚えたのが、アルティミアとの出会いだった。

人はそれを不安や恐怖と言うのかも知れないし……初恋と言うのかも知れない。

「それからはあの人格がクラウディアのデフォルトです。『私』は、後から『ラインハルト』の人格を作る際にかつては使い慣れていたこのタイプの人格を掘り起こしただけです」

ゆえに、先刻切り替わった際に初めて会ったときのクラウディアを想起したのは当然の帰結だった。

そして、ラインハルトが『兄』……人格のカタチとしては古いということでもある。

出会いで生まれた大きな感情のうねりがバグとなって自らの人格を作り変え、今はそれを補佐するようにかつての冷静であったころの己を仮想人格としている。

冷静に補佐する仮想人格と、愛を抱いたクラウディアが、肉体というマシンの中で並列に起動している。

それが皇王、クラウディア・ラインハルト・ドライフという存在であった。

「これが『私達』です。どう思われましたか、アルティミア」

「…………」

クラウディア・ラインハルト・ドライフの秘密を告白され、彼女に大きな変化を与えた要因であると伝えられたアルティミアは、

「――安心したわ」

――クラウディアも、ラインハルトも、想像しなかった言葉を述べた。

「………………え？」

しかし彼女の言葉に嘘はなく、彼女の本心そのもの。

あるいは嘘か嫌悪であれば、もっと冷静でいられただろう。

「……安、心？」

「ええ。安心よ。本当に、アナタが『ラインハルト』として話しはじめてから終始気圧されていた気がするけれど、ようやく安心できたわ」

「なぜ、安心などと……？　恐ろしくはないのですか？　この、私達が……」

疑問と……そして不安という感情を僅(わず)かに浮かべた『ラインハルト』。

その問いかけに、

「いいえ、もう少しも怖(こわ)くはないわ。だって……」

アルティミアは、

「クラウディアはクラウディアだって、よく分かったもの」

一切(いっさい)の嘘も気負いも虚勢(きょせい)もなく、そう言い切った。


「私に嫌われることが怖かったのが、改造の理由と言ったわね。そういう大胆(だいたん)だけど本当は臆病(おくびょう)なところ、ずっと変わってないわよ。クラウディア」

「なに、を……それに私は……」

「何時(いつ)だったかしら。抱きついた後で油の臭(にお)いを気にして飛(と)び退(の)いたこともあったわね」

「…………」

「何時だったかしら。吟遊(ぎんゆう)詩人からとびきり怖い話を聞いて、夜中に私のベッドの横で枕(まくら)を持ってウロウロしていたこともあったわね」

「…………」

「嫌われるのが怖い。けれど仲良くしたい、傍にいたいと思い続けている。アナタはそういう可愛い友人で……」

アルティミアは真っ直ぐにラインハルトを――クラウディアを見つめて、

「私の親友よ。今も、昔も、変わりなく」

そう、断言した。

全ての告白を聞き届けた上での……アルティミアの結論がそれだった。

依然変わりなく、親友であるという……本心の言葉こそが。

「……え？」

気づけば、ラインハルトは……クラウディアは……泣いていた。

涙を零すその顔は、……はたして二つの人格のどちらであったか。

……いや、どちらでも変わりない。

クラウディア・ラインハルト・ドライフの心からの涙が……そこにはあった。

そんな彼女を、アルティミアは優しい目で見つめている。

同時に、ある疑問を呟いた。

「……それにしても、本当に何もかも話してくれてしまったわね」

皇国最大の秘密を、『ラインハルト』のクラウディアは話し切ってしまった。皇国内ですら、知っている者はティアンと〈マスター〉合わせて五人しかいないというのに。

「どうして全部話してくれたのかしら？」

「……聞かれたからです」

沈黙していた『ラインハルト』はポツリとそう言って、

「クラウディア(私達)は、愛するアナタに嘘はつきたくない」

感情を振り絞(しぼ)るように、そう言った。

その言葉に、アルティミアは納得(なっとく)する。『そういえば講和会議でも嘘は一度もつかず、問われた答えも無言では終わらせなかったわね』、と。

そんな彼女に対し、『ラインハルト』は言葉を重ねる。

「そして、嘘を言ったつもりもない」

「……そう」

彼女が何を言いたいのか、アルティミアには分かっていた。

既(すで)にお互(たが)いの気持ちは伝え合っているのだから。

「クラウディア・ラインハルト・ドライフは皇王となりました。皇王であるならば、国を生かすために如何なる悪辣も非道も実行する必要がある。そして……もう一つ」

彼女はアルティミアを真っ直ぐに見据え、

「私達は貴女をここで倒して、連れ帰り、自らのものとします」

アルティミア自身を奪うと、改めて彼女は告げる。

「王国を欲するのは皇王として皇国を生かすため。ですが……貴女を欲するのはただの我欲です。私達にとって誰よりも特別なアナタを手に入れたい、最期まで傍にいてほしいという、この身のたった一つの我欲です」

皇国を救うためのあらゆる策謀とは別個の、個人としての我欲……願いがそこにある。

「そして……我欲であるからこそ、こちらも止める気はありません。だから……」

そうして『ラインハルト』は再び槍に額をつけて、

「だから……仕合いましょう！　果てるまで、決着がつくまで、永遠を手に入れるための一瞬を、ここで仕合って決めてしまいましょう！」

再び顔を上げたとき――そこには感情の塊である『クラウディア』としての顔があった。

「ええ」

そんな彼女に、かつてのようにアルティミアは応じる。

「けれど、負けてはあげないわ。妹達のためにも……地上で戦う彼らのためにもね。ここからは本気で……殺すつもりで戦うわ」

先刻までの交錯は、全てを凌がれた。

それは、クラウディアの卓絶した技量のみによるものではない。

触れれば切断……加減できぬ必殺剣を振るうアルティミア自身が、親友を殺さぬように斬撃の狙いを急所以外に狭めていた。

しかし最早、アルティミアはその縛りを自らに課さない。

己に全てを打ち明けてくれた親友に、自らも全てを尽くすと決めた。

そして、親友ならば――その上で生き残ってくれるだろうと信じた。


「だから、死なないでね――クラウディア!!」

「ええ！　本気で、無論本気で……シアイましょう！　――アルティミア!!」


そして――二人は再び動き出す。

お互いの心を伝え合った後に、それでも譲れない願いのために再び刃と矛を交える。

言葉は最早不要。隠し事など最早皆無。

決着までは、全力で。お互いの心は唯一つ。

幾度も重ねた二人の試合は……此処で真の仕合へと至った。

アルティミアとクラウディアは、示し合わせたように距離を取る。

それは退避ではなく、助走。

両者の駆る煌玉馬の最高速度を発揮するためのもの。

空中に限らず、騎乗戦闘での移動速度は本人のＡＧＩではなく乗騎の性能に依存する。

ゆえに加速させて相手より優位な位置をとった上で、自身のＡＧＩによる武器の攻撃で相手を討つ。それが〈Infinite Dendrogram〉における騎乗戦闘の鉄則である。

本気で相手を倒すつもりの一撃を放つならば、乗騎の加速は前提。

即ち決意して宣言したアルティミア同様に、クラウディアも先刻のように受け流すのではなく、全力で仕留めに掛かっている。

決して殺せぬはずのアルティミアに槍を向けるのは、彼女の実力を信じているのか、他にも理由があるのか。

いずれにしろ、ここで初めて双方揃っての攻勢となる。

距離を取り、疾走し、飛翔する二騎の煌玉馬。

『――《ストーム・アクセラレイション》

だが、速度において上回ったのは——【翡翠之大嵐】である。

自身の機関をフル稼働させ、胴体側面から迫り出した噴射口より暴風の如く風を噴射して——最大加速に至る。

その飛翔は軽々と音速を突破し、空中を走っていたシルバーに一瞬で肉薄する。


それこそが、【翡翠之大嵐】の真骨頂。

フラグマンが手がけた煌玉馬五騎は、一号機【黄金之雷霆】をベースにそれぞれが特化した性能を与えられている。

攻性特化の三号機、【紅玉之噴火】。

防性特化の四号機、【蒼玉之波濤】。

陸戦特化の五号機、【黒曜之地裂】。

そして、機動性特化の二号機、【翡翠之大嵐】。

風属性……莫大な風力の発生と周辺気流のコントロールに特化したもの。

即ち——【翡翠之大嵐】こそ最速の煌玉馬である。

『……！』

対するシルバーは、明確な遅れをとる。

それは無理からぬこと。番外機体――特殊性特化のシルバーでは【翡翠之大嵐】に速度では太刀打ちできない。

まして、その特殊性を発揮できない現状では。

『我が後塵を拝せ、最も新しき弟よ』

速度差を明確にしながら、【翡翠之大嵐】はそう告げる。

それは彼の機能である風属性魔法を駆使した発声であり、先刻までのクラウディア達の会話を繋げていたものの応用である。

兄弟騎に性能を誇りながら、交錯する直前に【翡翠之大嵐】は横方向への宙返り――バレルロールを行った。

「――初撃、いかせてもらいますわ!!」

そしてクラウディアが位置取ったのは、アルティミアの真上。

刃の切っ先が届かず、されど馬上槍は届く位置。バレルロールで逆さになった【翡翠之大嵐】の馬上で、クラウディアは特典武具である螺旋馬上槍を突きこむ。

「ッ！」

だが、それをただ受けるアルティミアではない。

突き出された馬上槍に合わせて、【アルター】を振るう。

攻撃のために突き込んだ馬上槍では、先刻までの受け流しは出来ない。

そして特典武具であろうと、アルターならば一刀で切り裂ける。

アルティミアは馬上槍の穂先に合わせ、垂直に【アルター】の刃を切り込んだ。

寸前、【アルター】が接触するはずだった馬上槍が消え失せ、――アルティミアに向けて異なる角度から馬上槍が突きこまれた。

「ッ！」

死角から突きこまれた槍をアルティミアは咄嗟に馬上で身を捻って回避しようとするが、穂先は動く上半身ではなく下半身に向かっていた。

『……！』

シルバーもまた馬体を捻るが、穂先は僅かにアルティミアの左足を掠めた。

接触の衝撃が、左足からアルティミアに伝わる。

「クッ！」

交錯の後、両者はすれ違った勢いのままに距離を空ける。

アルティミアは今しがた受けた傷を確かめようと視線を左足に向ける。

「傷が、ない？」

そこには傷の一つもなく、血の一滴も零れてはいない。

確かに命中したはずであり、左足には衝撃も伝わった。

それでも痛みもなかったが、――異常はあった。

「……動かないわね。この左足」

槍が触れた左足が……動かそうとしても動かない。

左足の膝から下は、指すらも動かないのだ。

まるで、強い麻酔でもかけられたかのように。

「そういう……特典武具ということね」

その現象に、アルティミアは二つの理解をする。

一つは、クラウディアが手に入れたいアルティミアを殺しかねないほどに全力を向けてきた理由。それはアルティミアの技量を信じてのことであると同時に、絶対に殺さないという確信があったということ。

その理由があの特典武具……螺旋馬上槍だ。

《鑑定眼》で視た特典武具の名は、【鎮昏渦　ドリム・ローグ】。『鎮』と『昏』。『鎮圧』と『昏睡』の二字が意味するものが……今のアルティミアの左足である。

機械的で如何にも物体を破壊しそうな見た目とは裏腹に、特典武具としての固有の装備スキルは非殺傷攻撃である。

かつて先々期文明に作られた暴徒鎮圧用の特殊ゴーレムが、機能と方向性を保ったまま暴走した。それが〈UBM〉として認定されたのが【鎮昏機甲 ドリム・ローグ】であり、今は【鎮昏渦】としてクラウディアの手にある。

常時発動型パッシブスキルである《ドリム・ピアッシング》は、物理的なダメージを与えない代わりに、接触部位から本来のダメージ量に応じて相手の肉体を眠らせる。

攻撃を受け続ければ、身動き一つ取れなくなるだろう。

「攻撃を受けたのが左足で、まだよかったわね」

もしも仮に右手に受けていれば、【アルター】を取り落とした。

左手であれば、シルバーの手綱を放して落ちていただろう。

頭部であれば、それで終わりだった。

しかし左足は、馬上であるならばまだ致命的ではない。膝から上は動くため、馬体を腿で押さえることも可能だ。

初撃で勝負を決されることなく、相手の特典武具の正体をつかめたのは幸運だ。

そして特典武具の効果からアルティミアはもう一つの事柄を理解して……戦慄した。

「……あの槍の軌道は特典武具によるものではない」

突き込まれた槍が目の前から消えて、まるで異なる角度から襲ってくる。

非殺傷攻撃が特典武具の機能であるならば……あちらはクラウディア自身の技術であるということ。

その推測は正解である。

かのスキルの名は、《パラドックス・スティンガー》。【衝神】クラウディアの編み出した奥義であり、突き込んだ槍の——始点を変えるスキルである。

先代の【衝神】、ロナウド・バルバロスが多用したスキルに《ディストーション・パイル》というものがある。それはパイルバンカーの威力と衝撃を、前方の空間に伝え、射程を伸長するスキルだった。

また別系統のジョブではあるが、【破壊王】の最終奥義は空間を叩き割るものだ。

このように超級職の奥義と類されるスキルには空間を利用する、あるいは改変するものが幾つかあり……《パラドックス・スティンガー》もそうしたスキルの一つだ。

突き込んだ瞬間に空間の配置を捻じ曲げ、直前までと全く異なる死角からの攻撃に変異させる。捻じ曲げる方向はクラウディアの任意であり、相手の最も防御しがたい場所を狙えばまず確実に命中する。

(槍を放つ方向をクラウディアが自由に選べるのなら、使ってくると分かっていても回避不可能……ということね)

近接戦闘において、比類なく恐るべきスキルである。

しかし、欠点も存在する。

威力と衝撃のみを伝える先代の《ディストーション・パイル》よりも、さらに直接的に空間に干渉しているため、MPとSP……特にMPの消耗は跳ね上がっている。

ゆえに、【衝神】といえども多用は出来ない。

——使用者がクラウディアでさえなければの話だが。

「二撃目ですわね!」

後方から弧を描いて追走してきた【翡翠之大嵐】が背後に迫っていた。

二騎の速度差により、追いつかれた形である。

「そうかしら?」

だが、シルバーもただ追いつかれるだけではない。

飛翔ではなく走行ゆえの、宙に足場を作っての高速旋回能力は【翡翠之大嵐】を上回る。

即座に後方へと切り返し、アルティミアは迫るクラウディアの胴へ刃を振るう。

その手元を、再度の《パラドックス・スティンガー》が襲う。

「見えているわ！」

だが、アルティミアは手首を捻り、迫る穂先を回避し……逆に手首の回転で軌道を変えた【アルター】で馬上槍を切り落とさんとする。

そのタイミングで——三度目の《パラドックス・スティンガー》が放たれた。

再び突きの始点が変わり、【アルター】が切り裂くはずだった馬上槍が消え失せる。

だが、馬上槍の穂先もまた、アルティミアを捉えない。

(今度は死角じゃないわね)

連続使用ゆえか、初撃のように死角への始点変更はなかった。

アルティミアは視界の端に捉えた頭部への馬上槍を、紙一重で回避していた。

そうして再度二騎はすれ違い、距離を空ける。

(連続発動……。消耗の大きそうなスキルだけれど……いえ、クラウディアなら可能ね)

アルティミアがそう考えた理由は、【衝神】に至った経緯や人格作成と同じでクラウディアの才能ゆえ……ではない。

より、この世界のルールに根差した理由だ。

(あの子は、【衝神】だけを背負っている訳ではないもの)

クラウディアは【衝神】であり――【機械王】でもある。

【機械王】、整備士系統のステータスはMPとDEXの上昇に偏る。

そしてメインジョブを【衝神】に設定し、別系統のスキルが使えなくなろうとも……【機械王】のステータスは残っている。他の前衛と比較して膨大なMPは、《パラドックス・スティンガー》の連発を容易なものとしていた。

（けれど、分かったことがあるわ）

今の攻防で、アルティミアはあることを悟った。

（クラウディアの攻撃に合わせて、こちらが彼女を狙えば……あの子はあのスキルを防御のために使わざるをえなくなる）

それは彼女達がこの戦いに持ち込んだ武器の差異だ。

必殺の【アルター】に対し、不殺の【ドリム・ローグ】。共に攻撃を放ち、刺し違えて相手に命中させた場合、より致命的なのは言うまでもなく【アルター】である。

機械甲冑に包まれていようと関係ない。あらゆる防御を無為として、クラウディアの体を切り裂くだろう。

クラウディアが勝利するためには、【アルター】の攻撃を受けるわけにはいかない。

先刻までのクラウディアは防御に集中することで、アルティミアの攻撃を完全に受け流していた。

だが、いかにあるべきでない才を持つクラウディアといえど、攻撃の最中に受け流しが出来るわけではない。

クラウディア自身が攻勢に転じている今ならば、先刻のような完全な受け流しは不可能。攻撃を行いながらそれをしようとすれば、今度は少しずつ槍が刻まれていくだろう。

そのためクラウディアは攻撃による防御に切り替えている。

《パラドックス・スティンガー》の照準を、【アルター】を持つ右手や当てれば昏倒する頭部に絞る。それ以外の箇所ならば、馬上槍に貫かれていてもアルティミアは【アルター】を叩き込んでくるからだ。

言うなれば、問答の前に行っていた攻防の逆で、クラウディアの方が攻撃する箇所を選ばなければならない。

アルティミアが勝利するにはその攻防の応酬で上回り、クラウディアか【翡翠之大嵐】を切り裂いて戦闘不能に追い込む必要があるが……。

（けれど、そのままでは勝てない）

単なる応酬では、手の内が読まれている。

読み切られている場合、クラウディアには勝てないとアルティミアは知っている。

（学園での勝率は、一割を切っていたけれど）

そうした勝利の全ては、クラウディアの読みをアルティミアが外させたときのみ。

ゆえに、ここで選ぶのもそうした戦法。

一割未満の勝利を――ここで引き寄せる。

「それにしても、そちらも良いものですわね」

「何が、かしら？」

「馬ですわ。【セカンドモデル】ならば、容易く勝敗は決まっておりましたのに」

その言葉に、アルティミアは少しだけ「やはり」と思うところがあった。

クラウディアが空中戦を選んだ理由には、互いの馬の差もあったのだ。

アルティミアとの仕合を望むクラウディアではあるが、同時に勝利を欲してもいる。ゆえに、その程度のお膳立ては考えていたのだろう。

だが、ほぼ同格のシルバーに騎乗しているがために馬の差は限りなく埋まっている。空中戦の優劣は、【翡翠之大嵐】が最速の煌玉馬であっても、有利不利の天秤が一方に傾くほどにはなっていない。

「あの〈マスター〉、レイ・スターリングからの贈り物ですの？」

「借り物よ」

「そうですの。……ねぇ、アルティミア」

クラウディアは少しだけ間をおいて、

「レイ・スターリングは貴女の恋人ですの？」

アルティミアにとっては想定外極まる言葉を述べた。

「ッ⁉」

アルティミアは一瞬手綱を取り違え掛けて、『しまった』と考えた。

己の隙を作るための言葉だったかと身構える。

しかし、クラウディアにはその様子はない。【翡翠之大嵐】を飛翔させながら、答えを待っている様子だった。

「……違うわ」

「では、片思いですのね」

「…………何を言っているのか分からないわ」

「《真偽判定》に反応が出ましたわよ」

「ッ～～⁉」

己も使用していたスキルを恨めしく思いながら、アルティミアは赤面した。

「けれど、《真偽判定》などなくても分かりますわ。私もまた貴女に恋する乙女。貴女が誰かに淡い恋を抱き始めていることも、それが私でないことも十全に理解していますもの」

クラウディアはそう言って、

「ねぇ、アルティミア。この仕合にはお互いの身柄を賭けているようなものですけれど、

……私が勝ったときはレイ・スターリングと一緒に皇国に来ませんこと？」

「……どういう心算かしら？」

理解した親友の、再び理解できない内容の言葉に、アルティミアは本心から問うた。

それに対し、クラウディアは何でもないことのように答える。

「貴女が欲しいけれど、その上で貴女が何を手に入れても構いませんわ。どの道、私にも貴女にも国を継ぐ胤は必要ですもの。貴女と一緒に貴女の思い人も傍に置いて……」

「――それは許しがたい侮辱よ、クラウディア」

しかしてその答えは、アルティミアの逆鱗に触れた。

「アナタが私の心身を欲する以上に、それは許しがたいわ」

「あら、そうですの？」

「ええ。アナタが彼の自由をも脅かそうと言うのなら……」

右手の【元始聖剣】をクラウディアに向けながら、

「――私と【アルター】は、アナタの魔手を斬り飛ばす」

アルティミアは、そう宣言した。

「あは。妬けてしまいますわ、アルティミア!!」

嫉妬の言葉を放ち、しかしどこか嬉しそうに、クラウディアは【翡翠之大嵐】を更に加速させる。

三度の突撃、ここで更に形勢を動かそうという攻撃の意思がそこにあった。

対して、アルティミアも迎え撃つ準備を整える。

「シルバー。アナタ、私のしたいことが分かるかしら」

『…………』

シルバーはアルティミアの言葉に首を動かして頷いた。

「そう。なら、タイミングを合わせて」

決意して、アルティミアは再度シルバーを旋回させ、【翡翠之大嵐】に乗ったクラウディアと向かい合う。

彼我の距離が、急速に零へと近づいて――。

「――《カット》!」

瞬間、アルティミアは眼前の空間に【アルター】を振るう。それは【アルター】の有するスキルの一つである《カット》――エネルギー切断能力の起動宣言。

その力で――眼前の空間の熱エネルギーを断ち切った。

同時に、手綱からアルティミアの意思を汲んだシルバーが、圧縮空気の足場の形成位置を変更しながら、あたかもバックステップのように軌道を変える。

直後――【翡翠之大嵐】が空中で壁に激突した。

壁の正体は、熱エネルギーを失って絶対零度にまで瞬間冷却された圧縮空気。

シルバーはアルティミアが【アルター】を振るう直前に、圧縮空気の壁を眼前に形成していたのだ。

圧縮空気の壁は【アルター】によって熱エネルギーを断ち切られ、含まれた全元素が凍結へと至る。圧縮空気であるがゆえに体積はほぼ変わらないまま、そこには複数の気体が固体へと変じた氷の壁が現れている。

『……!?』

飛翔体であるがゆえに、【翡翠之大嵐】は眼前に突如として出現した壁を回避できず、音速の勢いのままに空中で氷の壁に激突していた。

　それでもフラグマンの手がけた煌玉馬、風のバリアもあって激突によるダメージはほとんどない。

　だが、激突による減速は避けられず、砕け散った氷の壁が空気中に散らばってあたかもダイヤモンドダストの如く視界を一瞬撹乱する。

　その最中に、シルバーに騎乗したアルティミアが下方から切り込んでいる。

「……流石ですわ！」

　一瞬だけ、クラウディアは接近するアルティミアを見つけるのが遅れた。

　遅れながらも、既に前方の空間に《パラドックス・スティンガー》を放っている。

【ドリム・ローグ】は空間を越えて、近距離の何処かの空間からアルティミアを襲う。

「疾ッ!!」

　だが、発見が遅れたがゆえにその狙いは正確さを欠いた。

　右手から少し逸れて、アルティミアの右脇腹を掠める。

　だがその間に、アルティミアは【翡翠之大嵐】を剣の間合いに捉えた。

　クラウディアが再び《パラドックス・スティンガー》を使うよりも、アルティミアが【アルター】を一閃する方が速い。

下方ゆえにクラウディアの体までは届かないが、この一閃で彼女の足である【翡翠之大嵐】と、彼女自身の足を断ち切る。

それで空中戦はできなくなり、地上でも足を欠けば戦闘はほぼ不可能。

高空からの落下は、装備しているだろう【救命のブローチ】で耐えられると踏んだ。

（この一閃で、形勢を決める！）

そうして、決意と共にアルティミアは【アルター】を振るって――、

――その体を虚空に落とした。


「………え？」

疑問の声が、アルティミアの口から漏れた。

しかしあるいは……クラウディアのものだったかもしれない。

彼女もまた、どこか驚いたような顔でアルティミアを見下ろした。

二人の疑問と驚愕の理由、そして落下の理由は……全て同一。

アルティミアを乗せていたシルバーが――消えている。

（シルバーが消え……それは……それは……！）

それは、アルティミアも自身の口で言っていたこと。
シルバーは『借り物』である、と。
そう、アルティミアに貸与されていたが、所有者はレイ・スターリングのままだ。
そして、〈Infinite Dendrogram〉には一つのルールが存在する。
〈マスター〉がデスペナルティとなったとき、所有物も共に消える。
シルバーが消えた理由を察しながら、アルティミアは地上へと落下していく。

第十三話 天に刻む軌跡

□カルチェラタン伯爵領・〈遺跡〉内部

時は、アルティミアとクラウディアの決闘開始からいくらか遡る。

「……規格が合わん」

カルチェラタン伯爵領で発見された〈遺跡〉――【セカンドモデル】の生産プラントの中で、作業用の遮光ゴーグルを着けた一人の男が呻いていた。

男の名はブルースクリーン。王国に属する〈マスター〉としては数少ない【高位技師】兼【高位整備士】であり、今はこの生産プラントで幾つかのクエストを受け持っている。

その中には【セカンドモデル】の増産に関するクエストもあった。しかし、今は彼の代わりに彼が少しだけ指導したティアンの技術者が作業を行っている。

彼が呻いている理由は、任せられているクエストの中でも最も難題なものについてだ。

彼の向かい合った作業台の上には、馬に似た何かが鎮座していた。

馬に似た何か、それは一騎の煌玉馬である。

それは、先の戦争で壊れてしまったもの。

長らく残骸のまま安置されていたが、【セカンドモデル】の生産プラントが見つかったことで「あの設備を使えば直せるのではないか」と意見が上がり、ここに移されている。

そして今はブルースクリーンをトップとした王国の数少ない機械技術者の手で、修復作業が行われていた。

「そっちはどんな按配だー?」

「まだ八割だ。どうにも、【セカンドモデル】と全く規格が違う部分があってな」

作業台の前で頭を悩ませていたブルースクリーンのところに、彼の属するクラン〈ライジング・サン〉のオーナーであり、友人のダムダムがやってきた。その両手には、差し入れなのか飲料水の瓶を持っている。

「それに、既に組んだ部分の修理も量産型のパーツでやっているからな。性能だって元通りにはならなそうだ。そっちも良くて八割だろ」

修復中の煌玉馬は、壊される前とは姿が幾分か変わっている。

大きな変更としては、【セカンドモデル】の部品を組み合わせているため、騎体が本来の騎体色である金色と、修復部分の鋼色でまだら模様になっていた。

「そんなもんか」

「俺は機械系っても〈エンブリオ〉は停止専門だからな。どうしても〈エンブリオ〉まで機械生産一本に特化した〈叡智の三角〉の連中みたいにはいかねえよ」

〈叡智の三角〉はリアルで機械の知識を多く持つ者が集まった生産クランである。

そのためか、〈エンブリオ〉もまた機械生産に適用可能な者が複数在籍していた。

「そうかー。……ちなみにこれ、物凄く高いアイテムらしーけどなー」

「王国の国宝だぞ。カルディナの国宝盗んで落っことしたバカの二の舞は御免だ」

〈マスター〉が国宝を盗んだケースは何件かあるが、中でも失敗談として知られているのがそれだった。折角盗んだものを落とした上に、国宝を盗んだ咎で国際指名手配である。

半ば喜劇のような話だ。

なお、その犯人の名前はガーベラといい、今は〝監獄〟で凹んでいる。

「それにしても、やっぱデンドロはすげーよ。剣と魔法のファンタジーなのに、これとかどう見てもSFだぜ?」

「………………」

「どーしたブルー？」

「それなんだけどよ。これって先々期文明のフラグマンって名工が作ったもんだろ？」

「らしーな。《鑑定眼》ではそう見えてる」

「そいつ、作りすぎてんだよ」

「……どーいう意味だ？」

ブルースクリーンの言葉にダムダムは首を傾げるが、ブルースクリーンもまた疑問と共にその言葉を口にしている様子だった。

「ここって〈遺跡〉だから昔の記録とかも残っててよ。中には先々期文明の歴史のデータもあるんだよ。技術年表？　みたいな奴とか」

「それがどーした？」

「技術年表読んで分かったが……俺達が〈遺跡〉からの出土品で『すげえ』って言ってる産物、ほっとんどフラグマンが関与してやがる」

「……？」

「フラグマンが直接作ってないものも沢山あるけどよ、そうしたものでも、内部にフラグマン関連の技術が混ざってんだよ。あるいは、全く噛んでなくて性能が低いかのどっちかだ」

「つまり？」

「先々期文明ってよ、ハイテク文明じゃなくて、フラグマンがハイテクにした文明なんだよ。エジソンとかテスラとかベルとか……諸々の天才の仕事を一人で担当してるようなもんだ」

「……何でデンドロは時々そーいう盛りすぎたNPC設定してんだよ」

ダムダムは以前どこかで聞いた三強時代の逸話を思い出し、「裏設定凝りすぎなのか投げやりなのかわかんねーよ」と呟いた。

しかし、ブルースクリーンは、

「……だが、フラグマンのやったことって、できなくはないよな」

寸前までの己の言葉と相反するような言葉を呟いた。

「あ？　できるわけねーだろ。そんなバケモノみたいな技術革新」

「だからさ、それがバケモノみたいな技術革新に見えるのは何でかって言うと……」

そうしてブルースクリーンが己のある仮説をダムダムに話そうとすると、

「大変です！　旧ルニングス領での講和会議で交渉が決裂！　アルティミア陛下率いる〈マスター〉達が皇国側との戦闘に突入したと連絡が……！」

生産プラントの扉を開き、技術者の一人がプラント内に大声でそう呼びかけた。

『皇国との交渉決裂と戦闘開始』。その報はアルティミアの連れて来ていた通信担当の文官から通達されたものだ。

その情報に、ダムダムが眉を顰める。

「おいおい、カルチェラタン方面にも侵攻してくるんじゃねーだろうな」

カルチェラタンは皇国と国境が隣接した地域であり、何かあれば皇国が攻めてくる公算も高い。カルチェラタンのクエストで収入が安定し、ダムダムとブルースクリーンがクランの規模を拡大する準備を進めている現状、そんな事態は願い下げだった。

（どーっすっかな。いざとなれば、このお宝や【セカンドモデル】を火事場泥棒するか？皇国侵攻のゴタゴタの最中ならバレなそうだし）

そんな不埒な考えがダムダムの脳裏によぎったとき。

「……あ？」

ブルースクリーンは、眼前の変化に目を奪われた。

「どーした？　……ん？」

ダムダムもまた、それに気づく。

作業台の上で……まだら模様の煌玉馬が立ち上がっていた。

これまで起動していなかったはずの、煌玉馬が動いている。

だが、変化はそれだけではない。煌玉馬の周囲……修復作業のために用意されていた資材のいくらかが、宙に浮かび上がっている。

（これは……磁力か？　そういや、コイツは雷属性……電気や磁力のコントロールに特化した煌玉馬だって聞いてはいたが）

そして煌玉馬は、浮かび上がらせた資材に対し、

『………！』

己の内部から生じた膨大な電気を叩きつけた。

生産プラントの内部が雷光の眩すぎる光で埋め尽くされる中で、遮光ゴーグルを装備していたブルースクリーンはその一部始終を直視していた。

「プラズマ切断に、放電加工……。こいつ、自分でパーツを組みなおして、足りないものの自動生成を？　自分の電力で加工までやってるのか？」

輝きの中で、資材は少しずつ形を変えていく。規格が合わないとブルースクリーン自身が言っていた幾らかの部位、それにピッタリと嵌るように。

やがてそれらのパーツは、吸い寄せられるように煌玉馬へと集まり、接合されていった。

それらの工程が済んだ後、……そこにはまだら模様であれど、完成した形を有する一騎の煌玉馬が立っていた。

「…………」

目の前で起きたことにブルースクリーンは言葉をなくしていた。

煌玉馬はそんな彼に向き直り、……馬頭を下げて一礼した。まるでここまで直してくれたことに……自ら動けるまでに修復してくれたことに礼を言うように。

その直後、煌玉馬は上を向き、再び雷光を発する。

煌玉馬の放った電波に反応し、施設の機械が作動して可動式の天井を開く。

『…………』

そして、煌玉馬は飛び立つ。

黄金の光だけを残し、開きかけた天井の隙間から天空へと飛び出したのである。

後には、呆気にとられた〈ライジング・サン〉と技術者達だけが残された。

やがて、ブルースクリーンはぽつりと呟く。

「……これ、俺の責任問題か？」

「正直に言い訳しようぜ。情状酌量の余地が出るよーに」

ダムダムはそう言って、友人の肩を叩いて慰めたのだった。

□国境地帯・上空

重力加速度に従って、アルティミアはその身を地上へと落としていく。

思考を占めたものの多くはレイの安否だ。シルバーの消失がレイのデスペナルティであるならば、既に地上は【獣王】によって死地となっているかもしれない。

だが、アルティミアはそう考えなかった。

(レイが、ただ消えるはずはない……！)

デスペナルティになったとしても、彼はすべきことをしてくれたのだと信じた。

ならば三日後に……彼が戻ってきた時に再び会うために、今すべきことがあった。

「追ってきたわね……」

仰向けに落下する彼女の視界には、上方から彼女へと一直線に降下してくる【翡翠之大嵐】とクラウディアの姿があった。

彼女が愛するアルティミアの落下を見過ごすはずがない。

しかしそれは、救助のためだけではない。

(このままだと、身動きできない空中であの馬上槍の攻撃を受けることになるわね)

攻撃によって眠らされ、そのまま連れ去られることだろう。そうなれば、地上でレイがデスペナルティになってまで奮闘した意味がなくなってしまう。

「……まだ！」

落下しながらも、アイテムボックスから自身の【セカンドモデル】を取り出す。

レイが消えたとしても、まだ諦めない。

きっと己が敗れていたとしても、彼が諦めはしないように。

抗う力と意思がある限り、諦めるにはまだ早い。

「来なさい！」

空中に放り出された【セカンドモデル】は、すぐさまアルティミアの声に呼応して動き始める。それはシルバーの走行よりもいくらか遅かったが、それでもアルティミアの落下速度よりは速かったためにすぐに追いついて……。

『――《デストラクション・スカイ》』

【セカンドモデル】は上方から降り注いだ竜巻の如き魔法の直撃を受けて木っ端微塵となり、……地上へと残骸を降らせた。

「ッ！」

『弟相手ならば此方の隙を作るだけだっただろうが』

思わず奥歯を噛み締めるアルティミアに、上方から【翡翠之大嵐】の声が届く。

『――模造品程度にかわせるものか』

レイがシルバーを預けた判断は間違いではなかった。

そうでなければ、馬の時点でアルティミアの敗北は必至だった。

【翡翠之大嵐】は機動性に特化した煌玉馬であるが、それは攻撃能力がないということではない。上級職の奥義に相当するレベルの竜巻の魔法を、【翡翠之大嵐】は行使できる。

正しく風の如き速さで放たれたそれを、【セカンドモデル】では回避できない。

即ち、オリジナルの煌玉馬でなければ空中戦での勝利はありえないのだ。

「……！」

クラウディアはじきに追いつく。

空中で身動きできないアルティミアを狙って、攻撃を重ね、眠らせようとするだろう。

「まだよ……！」

だが、攻撃を仕掛けてくるのならば、その瞬間に刃は届く。

まだ、敗北には早い。

まだ、諦めるには……早い！

「アルティミア！　これで決めますわ！」

「……クラウディア！」

やがて、両者の絶対距離が零へと近づいて――。

――東の空から雷の如く飛来した黄金の光が【翡翠之大嵐】へと直撃した。

「何事、ですの⁉」

『……！』

その瞬間を、クラウディアと【翡翠之大嵐】は察知できなかった。

クラウディアは、接近したアルティミアからの反撃に対処するべく集中力の全てをそちらに傾けていたがゆえに。

【翡翠之大嵐】は接近するそれの反応が、砕け散った【セカンドモデル】の反応と混ざってしまったがゆえに。

黄金の光は【翡翠之大嵐】の騎体に一撃を当てて減速させ――そのまま眼下のアルティミアの体を拾い上げた。

「……これ、は！」

アルティミアには……それが何者かすぐに分かった。

先刻まで跨(また)っていたシルバーと酷似(こくじ)した乗り心地(ごこち)。

黄金と、今は鋼(はがね)に彩(いろど)られた騎体。それに纏(まつ)わる雷光。

最大の象徴(しょうちょう)は、頭部に生えた一本の……角。

それこそは、愛闘祭の前に修復のため、リリアーナの手によってカルチェラタンへと届けてもらったもの。

アルティミアが見紛(みまが)うはずはなく、ゆえに彼女はその名を呼ぶ。


「【黄金之(ゴルド)、雷霆(サンダー)】！」


それこそは、煌玉馬一号機。

先々期文明において全ての煌玉馬の基礎(きそ)となった騎体であり、アルター王国の初代国王である【聖剣王(キング・オブ・セイクリッド)】初代アズライトと共に戦場を駆(か)けたモノ。

一度は完全に破壊された先々期文明の遺産は今このとき、自らの主(あるじ)を……新たなる王を守るために戦場へと舞(ま)い戻った。

至宝は今ここに復活し――己の新たな主である【聖剣姫(アズライト)】を戴(いただ)いた。

「来てくれたのね、……【黄金(ゴルド)】」

かつてそうしたように、アルティミアは【黄金之雷霆】の背を撫(な)でた。

『………』

【黄金之雷霆】は無言のまま、しかしその手に応じて首を揺(ゆ)らす。

まだらの金属で出来ていながら、本物の馬のようであった。

『――同型機、確認(かくにん)。久方ぶりだな、我(わ)が兄よ』

【黄金之雷霆】との二〇〇〇年以上の時を隔(へだ)てた再会に、【翡翠之大嵐】はそんな言葉を投げかけた。

『………』

それに対して【黄金之雷霆】は応(こた)えず、無言を貫いていた。

『? 貴様、まさか……』

【翡翠之大嵐】は何かを理解したような言葉を漏らす。

だが、【翡翠之大嵐】の続く言葉は、馬上のクラウディアに遮(さえぎ)られる。

「【黄金之雷霆】……直っていましたのね」

「そのようね。技術者達は良い仕事をしてくれたわ。お陰(かげ)で……まだ戦える」

【黄金之雷霆】の馬上で、アルティミアは【アルター】を構える。

「仕切り直しよ、クラウディア」

「……これで条件は五分。むしろ、望むところですわ」

こうして戦いは互いに煌玉馬に跨った空中戦へと回帰する。

だが、先刻とは大きな違いがある。それは、アルティミアの乗騎が【白銀之風】から【黄金之雷霆】に切り替わったというだけではない。

「そうね。だけど、一つだけ教えてあげる」

アルティミアは不敵な笑みを浮かべ、

「王国の歴史では、【聖剣】と【黄金之雷霆】が共にあるとき——唯の一度として敗北はないのよ」

そんな事実を……先刻までとの決定的な違いを口にした。

直後——アルティミアは彼我の距離を一瞬で詰めていた。

「ッ!?」

クラウディアは咄嗟に防御に全力を尽くし、【アルター】の斬撃を受け流す。

しかし、対応が遅(おく)れた受け流しは完璧(かんぺき)ではなく、僅(わず)かに槍の側面が擦(こす)られ、削(けず)れていた。

「【翡翠(ジェイド)】！」

『《ストーム・アクセラレイション》』

クラウディアの呼びかけに応じ、【翡翠之大嵐】は全速力で前方へと飛翔(ひしょう)する。

両者の距離を離(はな)し、態勢を立て直す時間を得るために。

それに対し、驚異的(きょういてき)な速度で距離を詰めたはずの【黄金之雷霆】は……追ってはこない。

いや、通常の空中走行で追ってはきているが、先刻のような速度は出していない。

そうなるであろうことはクラウディア達も分かっていた。

【黄金之雷霆】は煌玉馬の一号機であり、基本形。万能性(ばんのうせい)に特化した機体であるがゆえに、通常の速度では機動性に特化した【翡翠之大嵐】には水をあけられている。

だが、先刻の間合いを詰めた瞬間(しゅんかん)だけは違う。

『【衝神(ザ・ラム)】よ、今の機能こそが……』

「知っていますわ。【黄金之雷霆】の《電磁縮地(レイル・ジャンプ)》……この目で見たのは初めてですけれど」

《電磁縮地(レイル・ジャンプ)》。それこそが【黄金之雷霆】に備わった加速移動用のスキルであり、【翡翠之大嵐】の《ストーム・アクセラレイション》に相当するものだ。

その正体は、電磁操作で大気中に電磁線路(リニアレール)を形成し、搭乗者(とうじょうしゃ)を電磁バリアで保護しながら、自分自身を弾丸の如く撃ち出すというもの。

その射出速度は音速を遥かに超え、《電磁縮地》を使用した瞬間だけは――煌玉馬最速の座は【黄金之雷霆】へと移る。

「……あの速度と【アルター】の組み合わせ。歴史上無敗という言葉も頷けますわ」

雷光と共に瞬時に距離を詰めて、必殺の一閃を振るう。

むしろあの一瞬で対応して受け流したクラウディアが、最もおかしいとさえ言えた。

『だが、あの機能は短距離でしか使えぬ上に、使用毎にクールタイムが生じる。一度の使用に膨大な演算を要するからだ』

《電磁縮地》は人間を生きたままレールガンで撃ち出すようなもの。その安全の確保や反動のコントロールのために、膨大な演算が必要であるのはむしろ当然だった。

「そう。それなら対応もできますわね。あちらの攻撃用スキルは？」

『脅威ではない。敵騎の《プラズマ・スマッシャー》は使用前に周辺大気の電位に変化が生じる。当騎ならばそれを感知し、放射前に軌道を読み切れる。加えて……』

「他にも何かありますの？」

『いや、脅威に繋がる話ではない』

「そう。……いずれにしろ、そろそろ決着をつける必要がありますわね」

クラウディアはそう言って、ちらりと眼下を見る。

高空から見下ろした周囲の風景は点の集まりのようであったが、その中でクラウディアには確かに視(み)えていた。

地上の森の中で……【兎神(クロノ)】が【抜刀神(カシミヤ)】に敗れた光景が。


超々音速域で戦っていた二人の決着の瞬間が見えたわけではない。

だが、向かい合って立っていた二人のうち、クロノが消えたのならばそういうことだ。

(彼女(ベヘモット)が敗れる公算が最も高い相手が、あのカシミヤ。あの切り札を使えば別ですけれど、そのまま戦えば万が一もありえますわ)

先刻のシルバーの消失で、レイ・スターリングのデスペナルティはまず確定。

だが、他の相手がどうなったのかは分からず、その中には〈超級(スペリオル)〉である扶桑月夜(ふそうつくよ)やシユウ・スターリングもいる。

早々に決着しなければ、ベヘモットが倒(たお)されて横槍(よこやり)が入るかもしれない。

「次で決めます。《電磁縮地》に優位を取り、カウンターでアルティミアを倒しますわ」

『了解(りょうかい)』

確定したことのように、クラウディアはそう言った。

出来ると知っているからだ。

【翡翠之大嵐】を発見した時点で、その性能は調べている。

また、王国の至宝であった【黄金之雷霆】の情報も調べていた。

ゆえに、【翡翠之大嵐】ならばあの《電磁縮地》に対抗できると知っている。

互いの距離とタイミングを計りながら、二騎がつかず離れずで飛翔する。

『兄よ。一つ問うことがある』

その動きの中で、【翡翠之大嵐】が【黄金之雷霆】へと通信を飛ばした。

『先刻の《電磁縮地》、カタログスペックよりも些か遅かったな。今の通常飛行も、本来の八割程度だ』

『…………』

それは風を応用した発声ではなく、煌玉馬に備わった通信機能によるもの。

独自の信号によって行われる、圧縮された超高速通信。

しかしそれにも、【黄金之雷霆】は応えない。

『やはり通信機能すら失ったか。見れば、パーツの幾らかが模造品のものにすり替わっているな。貴騎は大きく性能を劣化させている。それでは万全の状態である当騎には到底届かぬ』

『…………』

『無様なり、同型機。これならば弟の方がまだ勝負になっただろう』

機械でありながら侮蔑すら滲ませた言葉で、【翡翠之大嵐】は同型機を評する。

実際に、今の【黄金之雷霆】の飛行速度は【セカンドモデル】以上、【白銀之風】以下といったところだが……。

『……ハッ』

その評価に、【黄金之雷霆】は異音を漏らしただけだった。

あるいはただの排気音だったのかもしれない。

しかし、【翡翠之大嵐】は……通信機能すら失っている【黄金之雷霆】が、『鼻で笑う』という答えを返したのだと判断した。

そのことが【翡翠之大嵐】の演算にノイズを……侮蔑に対する僅かな怒りを滲ませた。

次の交錯で撃破せしめるという決意もまた、滲む。

自らが《電磁縮地》を破り、馬上のクラウディアがアルティミアを破った後、《デストラクション・スカイ》で粉砕してくれる、と。

【翡翠之大嵐】はその機会を待ち……、機会は程なく訪れた。

【黄金之雷霆】の馬上……アルティミアに一つの変化が起きていたからだ。

「…………」

クラウディアが眼下でのカシミヤとクロノの決着を目撃していたのと同時に、アルティミアもまた視ていた。

高き空からは、地平の先までが見渡せたがゆえに。

煙を上げる王都と――その中心に置かれた炎を灯された蝋燭の如き王城を見た。

最早一刻の猶予もありはしないと、その惨状が告げている。

ゆえに、アルティミアもまた……次の一合で決着をつけると決意した。

己の全てを賭けてでも。

「――汝は境界線」

そうして、彼女は口ずさむ。

「――過去と未来の境界線」

初代建国王の時代より、それよりも遥かな過去より、【アルター】に認められた者にのみ伝えられる祝詞を。

「――遍く全ては、汝の前と、汝の後に別たれる」

《抜剣》の宣言と同様に、【アルター】に秘められた力を解放する言葉を。

「――火も、水も、風も、土も、生も、死も、時も、空も逃れえぬ」

二つ目のセーフティロックを外す、パスワードを。

「――万象に、刻め」

【聖剣姫】の奥義として【アルター】から伝えられる、その宣言を。

「――《元始の境界線》」

――言い切った。

―■■■■■■■■■■■―

宣言の直後、あたかも世界そのものが悲鳴をあげるような唸りと共に【アルター】の刃が消え失せる。

否、そうではない。

アルターに触れる光すら断ち切られ、その剣身を視認できなくしているのだ。

「…………」

アルティミアが剣を動かせば……それに合わせて空間が切れていく。

【破壊王】の空間破壊と違い、空間の瑕疵は塞がらず、ただそこに残り続ける。

それこそが自然と言わんばかりに、【アルター】以後の正しい在り方として固定されている。

善悪も有無も関係なく、ただそこに在るだけで世界そのものを切り刻み、変えてしまう。

【元始聖剣】の銘を持ちながら、あらゆる魔剣よりも恐ろしい力がそこにあった。

これまでの【アルター】とは、文字通り一線を画すその力。諸刃の剣とさえ言えぬ自滅を孕んだ力であるがゆえに、アルティミアもこれまでは使わなかった。

だが、守るべき者の危急を己の目で確かめて、彼女は使用に踏み切った。

「……ッ」

解放の直後から、恐ろしいほどの消耗がアルティミアを襲う。

これまでの消費が嘘のように、【アルター】がアルティミアの魔力と精神力、そして生命力までも食らっていく。

命までも食われかねないほどの反動に歯を食いしばりながら、アルティミアは……クラウディアを見据えた。

「……これで、終わらせるわ。クラウディア」

「……ええ！　名残惜しいけれど、こちらもその心算ですわ!!」

そうして、二人を乗せた二騎の煌玉馬は、互いに向かって真っ直ぐに駆けていく。

直後、【黄金之雷霆】がまたも《電磁縮地》を使用する。

空間を切り裂いて軌跡を残しながら、視認すら困難な速度でアルティミアと【黄金之雷霆】は絶好の位置へと動く。

しかし、【翡翠之大嵐】はその位置取りを看破していたかのように、空気を噴射して身をかわした。

『見切った!!』

位置取りを感知したのは、【翡翠之大嵐】が幾重にも重ねた風の幕。

《電磁縮地》は自らを弾として撃ち出す機能ゆえに、その動きは直線に限られる。

だからこそ、【翡翠之大嵐】は幾重にも重ねた風の幕への接触で進入角度と接近位置を予見した。

そして、そこからほんの僅かでも距離を取るように空気を噴射したのである。

剣の間合いよりも少し離れればそれは槍の間合いとなり、必殺の奇襲はカウンターの好機へと転じる。

クラウディアは《パラドックス・スティンガー》で、アルティミアの頭部を狙い穿つ。

──勝利。【翡翠之大嵐】の内部演算回路が、その二字を思い浮かべたとき。

『──カタログスペック通りだな。【翡翠】の』

そんな言葉が、通信用のチャンネルから入り込んだ。

『貴騎、通信機能が活きて……！』

搭乗者同士の一瞬の攻防の最中に、二騎の間で超高速通信が交わされる。

『お前の言葉通りだ。本来のパーツよりも性能が落ちている私に比べ、お前の性能は作られたときのままだ』

『当然だ。当騎の保存状態は万全であり、再起動から然程の時間も経ってはいない』
『だから……お前の負けだ、【翡翠】の』
『何を言って……』
『二五六九回。私とお前の、最も大きな違いだ』
『……？』
【翡翠之大嵐】はその言葉の意味が分からない。
だが疑問の言葉はそれが理由ではない。

一瞬で、眼前にいたはずの【黄金之雷霆】を見失ったからである。

そして、次の瞬間――アルティミアは位置取りの優位に立ち、刃を振るわんとしていた。

『ば、かな……！』
【翡翠之大嵐】が状況の認識にエラーを吐き出す。
無理からぬことだった。
目の前で起きたこと、一瞬で自らを移動させるその機能は……。
『《電磁縮地》の連続使用だと⁉　ありえない⁉　ありえな……⁉』

それは【翡翠之大嵐】の言葉通り、ありえないことだった。

《電磁縮地》は一回の使用毎に膨大な演算を必要とするゆえに、連続使用はありえない。

連続使用など、本来のカタログスペックならば……ありえないはずだった。

だが、【黄金之雷霆】は……作られたときのカタログスペック通りの性能ではない。

一部のパーツを【セカンドモデル】に置き換えているための基本性能の劣化があり、

——積み重ねた二、五六九回の実戦による、技量の上昇がある。


それこそが、ありえない事象をありえる現実へと変えた要因である。

煌玉馬一号機、【黄金之雷霆】は最古にして基本、そして最も実戦経験を積んだ煌玉馬。

王家の国宝として王と、あるいは王が信ずる騎士と共に数多の戦いを駆け抜けた。

その中で、【黄金之雷霆】は自らを練磨した。

プログラムを改善し、機能を研ぎ澄ませ、演算の中に歴戦の勘を組み込んだ。

それは、搭乗者の持つ【アルター】に干渉されずに《電磁縮地》を放つ技術であり、一度ずつしか使用できなかった《電磁縮地》を連続使用できるほどの成長だった。

それこそが【黄金之雷霆】と【翡翠之大嵐】の、最も大きな差異。

圧倒的な、戦闘経験の差である。

「ッ！」

想定外に近い二度目の《電磁縮地》。

しかしそれに対しても、クラウディアの才は対応してみせる。

クラウディアは二度目の《電磁縮地》も瞬時に見切り、自らも二度目となる《パラドックス・スティンガー》でアルティミアを迎撃せんとしたが……。


「――あぁ」

彼女が突き出そうとした【ドリム・ローグ】は――半ばから穂先が存在しなかった。

直後、全く異なる場所から……一度目の始点の位置から【ドリム・ローグ】の先端半分が落ちる。

「……成程、ですわね」

《パラドックス・スティンガー》は空間を捻じ曲げて、槍を突く始点を変える絶技。

ゆえに、アルティミアはそれを上回る絶技……否、天変地異を以ってそれを打破する。

即ち、クラウディアの迎撃に先んじて、《電磁縮地》による高速移動の最中に――捻じ曲げた空間諸共に槍を切り落としていたのである。

クラウディアは、一瞬だけ自らの武器の残骸と届かぬ穂先を見つめていた。

その体が……僅かに揺れた。

彼女の傍には、刃を振り終えたアルティミアがいる。

「……得物の差に、なってしまったわね」

奥義を解きながら、アルティミアは静かにそう言葉をかけた。

あるいはそれは、親友を労わるものだったのかもしれない。

「いいえ……私と貴女の、実力の差ですわ」

けれど、クラウディアは首を振ってそれを否定する。

勝利に繋いだのは、アルティミア自身の力である、と。

直後、切断された【翡翠之大嵐】の馬頭とクラウディアの右手の義手が落ちた。

同時に、右脇腹でも裂傷が開く。

「私の……負けですのね」

彼女は自らの敗北を認めて、頭部を失った【翡翠之大嵐】と共に地上へと堕ちていった。

拾話 第一の〈SUBM〉

□■二〇四四年七月

サービス開始からちょうど一年、内部の時間で三年が経ったころ。

ベヘモットが皇国の辺境でソレと会敵したのは全くの偶然だった。

友人であるクラウディア……その仮想人格であるラインハルトからの頼みで、ベヘモットはドライフ皇国北東の辺境に調査に赴いた。

彼女が赴いた皇国辺境は、原因不明の大旱魃と〈厳冬山脈〉に程近いゆえの低温、そして環境変動に伴う強力なモンスターの跋扈によって数年前から無人の野と化していた。

モンスターを狩る〈マスター〉でさえベースとする街がないために長くは滞在できず、結果として皇国辺境は人の住む世界ではなかった。

なお、そのように荒れ果てた環境は、現在も皇国内で拡大の一途にある。最終的に、皇国全土がそうなる可能性もあるとラインハルトは試算している。

ベヘモットが皇国辺境へと調査に赴いた理由は二つ。

一つは旱魃の原因究明。指定された数箇所で土壌を採取し、ラインハルトに届けること。

もう一つは……〈遺跡〉の調査。ラインハルトがとある筋から入手した古文書に、皇国辺境の〈遺跡〉が記録されていたのである。

それが真実であるかの確認もベヘモットの仕事だった。

折良く発売一周年のアニバーサリーイベントモンスターが各地に出現しており、調査ついでに人気のない辺境での狩りもできるのでベヘモットには好都合だった。

しかしその簡単なクエストの過程でベヘモットにとって、そして依頼をしたラインハルトにとっても想定外の事態が二つ発生した。

一つは、とある〈マスター〉との遭遇。

皇国辺境の滅んだ村に、如何なる理由からか……流浪の〈超級〉がそこにいた。

そしてもう一つは――〈ＳＵＢＭ〉。

金と銀のどちらとも言えぬ光沢に身を包まれた、巨大なガーゴイル。

其の名は、【一騎当千　グレイテスト・ワン】。

皇国の辺境に出現し、皇都へと進軍せんとする〈SUBM〉の出現である。

それは全くの偶然だった。〈SUBM〉のほとんどは投下される国の首都から離れたポイントからスタートし、〈マスター〉と会敵しながら首都を目指す。

それが基本であり、【グレイテスト・ワン】の後の四体も例外的な【五行滅尽　ホロビマル】を除けばそうしている。

ゆえに一体目の〈SUBM〉である【グレイテスト・ワン】は〈Infinite Dendrogram〉の開始からリアルで一周年の契機に辺境へと投下され、首都を目指すはずだった。

しかし、その投下は二人の〈超級〉に目撃されていた。

二人は、【グレイテスト・ワン】の進路から首都を目指していることを察した。

その時点で、二人の行動は決まった。

ベヘモットにしてみれば、友人の住まう街を襲うだろう怪物を見逃す理由はなく。

もう一人にしても、街々を蹂躙する怪物を止めぬ理由がない。

居合わせた二人の〈超級〉は共闘し、第一の〈SUBM〉との戦いに突入した。

その戦いは熾烈を極めた。

第一の〈SUBM〉であるがゆえに、試金石。【グレイテスト・ワン】はあらゆる攻撃を受け止める超硬度金属……神話級を超える超級金属で造られた怪物だった。

さらにはあらゆる熱変化を遮断する熱量完全耐性と、あらゆる攻撃魔法を無効化する魔法攻撃完全耐性を有していた。

持ち合わせるのは防御力だけではない。重力のくびきから解き放たれた翼で飛翔し、超振動の尾を振るって万物を粉砕し、口腔にはあらゆる生物を焼き尽くす分子振動熱線砲が備わっている。

恐らくは最強の〈SUBM〉と謳われた【三極竜 グローリア】が相手でも、強化された《絶死結界》を使われない限りは勝利しうる。

特殊性を積み重ねて最強に至った【グローリア】の対。

純粋戦闘力を積み重ねて最高へと届いた存在が【グレイテスト・ワン】。

それほどの大怪物であるゆえに、皇国を蹂躙すればその過程で数多の〈マスター〉と戦い、試し、〈超級〉への進化を促すかもしれない。

あるいはこの後にグランバロアに甚大な被害を与える【双胴白鯨 モビーディック・ツイン】や、王国の戦力を半減させた【グローリア】よりも恐るべき災禍として……皇国を滅ぼしたかもしれない存在。

だが、この大怪物の名が歴史に刻まれることはなかった。

投下の直後に、彼女達と会敵してしまったのだから。

結論を言えば……天地を揺るがす激戦の末に、【グレイテスト・ワン】は討伐された。

◆

「なんとも恐ろしい力よな。どちらが怪物か分かったものではない」

砕かれた最高の怪物の破片が光の塵になっていく中で、本音と皮肉の混ざった声音が発せられた。

ベヘモットと、戦闘を終えて人型に戻ったレヴィアタンに向けられた言葉。

声の主は、紫色の髪の少女だった。

小さな体躯に、髪と同じく紫色の古代ギリシャ風ドレスを纏っている。

彼女はベヘモットの共闘者……その〈エンブリオ〉である。

「ふむ、ＭＶＰは旦那様と小動物か。複数人に分けて与えられる特典もあったのだのぅ」

クツクツと笑いながら、少女は脳内に聞こえてきたアナウンスに反応する。第一の〈S

UBM〉であったため、これが最初の超級武具であり複数人MVPだ。

旦那様とは、彼女の〈マスター〉のこと。全体的にやつれ、目の下に色濃い隈がある……アバターにしては妙に不健康そうな男性だ。

彼は得られた特典を見ていたが、どこか落胆した様子で重い息を吐き、懐に仕舞った。

そしてベヘモット達に背を向けて、戦闘の余波で物理的にも完全に崩壊した廃村を見回して、何かを探している。

「……私達のおこぼれでMVPになったくせに、随分と不遜な態度ですね」

そんな二人の様子に対し、レヴィアタンが苛立ったように威圧する。

戦闘において、尋常ならざる防御力を誇っていた【グレイテスト・ワン】へのダメージソースはほぼベヘモット達だった。

しかし結果として〈SUBM〉の特典は二分され、相手方にも渡っている。

そのことが、レヴィアタンには大いに不服だった。

「さてな。殴り合うだけが戦功ではあるまいよ。小動物には理解できても、小動物より脳みその小さい大動物には理解できぬか？」

「――殺す」

『レヴィ、ステイ』

牙を剥きだして暴れ出そうとしたレヴィアタンをベヘモットが抑える。

実際、ベヘモットは少女が言うように納得している。アタッカーとして最高の金属で形成された体を粉砕したのは、必殺スキルを解禁したベヘモットとレヴィアタンだ。

しかし肉体強度以外の問題……〈SUBM〉として保有していた数多のスキルに対処したのは、少女とその〈マスター〉である。

ゆえに、特典の二分もベヘモットは納得していた。

「ともあれ、だ。何の被害も出ぬうちにアレは討伐できた。お互いに特典も得られた。これで良しとして、お互いの仕事をしようではないか。妾達はこの廃村で探し物。其方達は〈遺跡〉の調査だ。ああ、件の〈遺跡〉はここから東に三キロほどのところに入り口があるぞ。まぁ、派手にやったせいで崩落したようだが」

「……それは皇国の機密事項のはず」

「妾達には愚問よな。生者の機密など、死者の公然であるもの。ん？　ああ、見つけたか旦那様。では、妾達は去るとしよう。縁があればまた会うこともあろう」

そうしてさっさと自分達の用事を終えて、ベヘモット達の前から少女とその〈マスター〉……一組の〈超級〉は去っていった。

未曾有の大惨事となりかねなかった【グレイテスト・ワン】の出現は、初期の段階でほとんど誰にも知られることがないまま終わりを迎えた。

◆

しかし、今回の件でベヘモットには二つの問題が生じていた。

一つ目は、調査対象だった〈遺跡〉の調査が出来なかったこと。

情報通りに〈遺跡〉は存在したのだが、少女が述べた通り、戦闘の衝撃で内部に通じる地下道が完全に埋まってしまっていたのだ。力任せの掘削作業でうっかり壊すわけにもいかず、結局そちらの調査は出来ないままに皇都へと帰還することになる。

この〈遺跡〉の発掘には人手が必要であったため、ラインハルト主導で人を集めるために発掘再開のタイミングは後に持ち越され、結局皇王即位後になった。（余談だが、【翡翠之大嵐】はこの〈遺跡〉から出土している）

二つ目は、【グレイテスト・ワン】の件をラインハルトに報告したときのことだ。

報告を聞いたラインハルトは少し考えた後、ベヘモットにこう言った。

「この情報は秘密にしてください」

『？』

「その特殊な〈UBM〉……〈SUBM〉でしたか。同様の存在はきっと今後も出現するでしょう。ですが、それは恐らく管理者の息が掛かった者」

『管理AIの？』

「ええ。貴女達の言葉で『イベント』でしたか」

ベヘモットはそれを聞いて納得した。巨大なボス相手のレイド戦、〈Infinite Dendrogram〉ではあまり聞かなかったものだが、他のMMOでは定番とも言えるイベントだ。

一周年記念というには、物騒に過ぎたが。

「ですが、こちらの情報では他国にはそういった存在は現れていない。恐らくは、これから、間を置きながら現れるのでしょう」

『なるほどね』

「ですが、同じ国に立て続けに現れるとは限らない。むしろ、可能性は低いでしょう。次に出現するとしても、他の六ヶ国に出現し終えてからという可能性が高い」

『ローテーションだね』

「だから、この情報を公表するのは皇国にとっては不利益です。遊戯派の〈マスター〉は、そういった特別な〈UBM〉を狩る機会を、『イベント』に参加する機会を逃すことを良しとはしないでしょうから」

『納得。「まだここには出てないよ。これから来るかもしれないよ」って思わせるんだね』

「はい。そうした方が、皇国は国力を保つことができます」

出涸らしだと思われては人の足が遠のく。

旱魃による環境の変化やモンスターが増えている皇国にとって、対抗策となる〈マスター〉は有用なのだ。外に流出されても困る。

懸念はもう一組がこの事実を公表するかだが……そういうタイプでもないことは共闘を通して理解していた。ただ、ラインハルトは折を見て彼らと面会するつもりでもあった。

『わかった。じゃあ手に入れた特典武具も使わないほうがいいね』

「はい。モンスターの討伐ならばともかく、人目につく場所での使用は控えてください」

『わかった。約束するよ、クラウディア』

「……？　私はラインハルトですよ」

当時はまだ人格間の情報連結がなされていないため、ラインハルト自身には『妹』と同一人物であるという自覚もなかった。

『……言いまちがえちゃった。約束するよ、ラインハルト』

このとき、ベヘモットとクラウディア・ライン・ハルト・ドライフは約束をした。

その約束をベヘモットは守り続け、何より破る必要が生じることすらなかった。

だが時は流れて王国と皇国の講和会議の日、彼女は約束を破らねばならなくなった。

（……ごめんね、クラウディア）

眼前のレイ・スターリングを、その左手の【黒纏套（こくてんとう）　モノクローム】から放たれる集束レーザーを前に、ベヘモットは一つの決意をした。

このまま攻撃（こうげき）を受ければ、自分でもデスペナルティを免（まぬが）れない。

その結果から逃れるには、あの特典武具を使うしかない。

だから……友との約束を破ってでも、あの特典武具を使うと決めた。

約束よりも、クラウディアを守らねばならないのだから。

ゆえに彼女は、必殺の一撃（いちげき）が放たれる寸前に宣言する。

『変身（チェンジ）――《天翔ける一騎当千（グレイテスト・トップ）》』

――自らの超級武具の解禁を。

第十四話

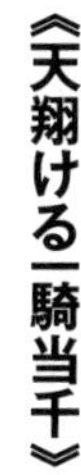

□■国境地帯

講和会議に端を発した王国と皇国の戦闘。

幾つもの場所で並行して起きていた戦闘の全て(すべ)を、把握(はあく)できていた者は多くない。

戦闘の当事者達は全霊(ぜんれい)を尽くす己(おのれ)の戦闘しか認識できない。

ゆえに、傍観者達(ぼうかんしゃたち)だけがそれらを把握していた。

【大教授(ギガ・プロフェッサー)】Mr.フランクリン、それに【光王(キング・オブ・シャイン)】エフ。

レイに敗れ、それゆえにレイを観(み)る者達。

彼らは議場周辺の戦い全てを観測し、アルティミアとアズライトの決着も見届けた。

そして、先に決着したレイ達と【獣王(ベヘモット)】の戦いの一部始終も見届けた。

それゆえに、彼らは戦いの意味を知る。

二人の王の戦いにおいてアルティミアはクラウディアを破ったが、その勝利を有とするか無とするかは彼女達の仕合よりも前にある。敗れたクラウディアが地に落ちたとしても、地上が〝物理最強〟に制圧されていれば、アルティミアの勝利は無為となる。

それゆえ、地上で行われていたレイの戦いは結末を左右する戦いだった。

その戦いの渦中で……レイ・スターリングはデスペナルティとなる。

アルティミアの仕合の最中にシルバーが消えたことで、それは確定している。

あるいは、〝物理最強〟との戦いを決意した時点で確定していたのかもしれない。

弱者が絶対的強者に挑むのならば、敗北のリスクは極度に高くなる。

既に決着したレイの戦いも、そうしたことの一つ。

しかしデスペナルティが確定だとしても、〝最強〟に向かい合うことを決意していた彼が折れるかは別問題。

結末を左右する焦点は、〝物理最強〟がレイ・スターリングを倒すことではないのだから。

その意味と結末を多くの者が知るのは……遠からぬ未来。

今は、レイの戦いを知る者達の中にだけ答えがある。

そして時は、遡る。

□国境地帯・議場

レイの左手……砲身形態の【モノクローム】は至近距離からベヘモットの額を照準し、その頭部を貫かんとして《シャイニング・ディスペアー》を照射した。
純粋な威力ならば、恐らくはこの場でも最大級の一撃。
この一撃を決めるために作戦を積み上げ、ルークも我が身を挺してまでここまで導いた。

『――ND（きかない、よ）』

だが、その一撃は……金とも銀ともつかぬ色の金属塊に阻まれた。

「な、に……!?」

まるでベヘモットに置き換わるように出現したソレ。
しかし、未だ通るレイの《看破》は……それこそがベヘモットであると告げている。
全身を包む金属は獣の頭部を持ち、翼を生やし、前足のパーツが後ろ足よりも数段大きく、一見すると上半身だけの怪物にも見える。

装備の変更、《瞬間装着》、あるいは【キムンカムイ】のような可変防具。

様々な可能性が一瞬のうちに脳裏を駆け巡るが、確かなことがただ一つ。

《シャイニング・ディスペアー》は――その金属を貫通しなかった。

レーザーに照射され続ける金属鎧の頭部は、加熱され続けているのに色を変える様子すらない。あたかも一切の熱量の変化が生じていないかのように。

（【黒纏套】のように光だけではなく、炎熱そのものに対する完全耐性……！）

レイが思い浮かべたのは、かつてビースリーから聞いていた耐性の話。

それは正しく、超級武具【半騎天下　グレイテスト・トップ】の特性の一つは耐性であるが、実態は炎熱完全耐性をも上回る。

【グレイテスト・ワン】より引き継いだのは、熱量変化への完全耐性。

超高温であろうと極低温であろうと、ベヘモットの纏う【グレイテスト・トップ】の温度を変えることなど出来ない。

「ッ！」

レイは、自らの手の内がやはり暴かれていたことを悟る。

だからこそ、《シャイニング・ディスペアー》を完封できる装備に切り替えることが出来たのだろう、と。

レーザーの照射はまだ続いているが、ベヘモットは一切のダメージを受けてはいない。

そして――ベヘモットは《シャイニング・ディスペアー》の直撃(ちょくげき)を受けたまま、ビースリーの重力圏(じゅうりょくけん)から逃(のが)れるように動き始めた。

「馬鹿(ばか)な」、という言葉は誰の口から漏(も)れたものだったか。ベヘモットは五〇〇〇倍の重力を物ともしないように、全身装備の背中から生えた翼で浮遊(ふゆう)している。

しかし、それもまた【グレイテスト・ワン】から引き継いだ機能の一つ。重力のくびきを外し、自身の周囲を強制的に無重力に変えて浮遊飛行する……《無重翼》の力。

どれほどに重力を足されようと、【グレイテスト・トップ】の翼は囚(とら)われることはない。

《シャイニング・ディスペアー》と、狭域展開した《天よ重石となれ(ヘブンズウェイト)》。

【グレイテスト・トップ】がこの場における彼らの切り札を完全に無効化する機能を有していたのは、ただの偶然である。

しかし、ただの偶然であっても……状況は大きく変化する。

「会長！　対象をＡＧＩに‼」

自身の重力がもはや意味を成さないことを悟り、ビースリーは月夜へと叫(さけ)ぶ。

《無重翼》による浮遊飛行そのものの速度は遅(おそ)く、亜音速(あおんそく)にも届くかどうかだ。

しかし、重力圏を脱すれば即座に翼から自らの四足での移動に切り替える。そうなったとき、《薄明》で除算されていないAGIでは一瞬で全滅する恐れすらあった。

「もうやっとる！」

月夜も理解しており、《薄明》の対象をSTRからAGIへと切り替えた。

同時に、マリーと月影はベヘモットに攻撃を仕掛けるために動いている。

レイは未だ照射の止まない《シャイニング・ディスペアー》のために動けず、ビースリーも『脱出されることは分かっていても、着地までの時間を引き延ばすために重力を緩められない』ために動けない。

ゆえに勝負は着地後の仕切り直し、あるいは着地前にマリーと月影の切り札による攻撃に賭けられる。

レイ達はそう考えた。――ベヘモットはそう考えなかった。

ベヘモットは浮遊したまま反転。

その全身鎧の頭部パーツの一部が、レイとビースリーに向けて展開した。

そして頭部から照射されたのは――分子振動熱線砲。

接触した分子を強制的に振動させて分子構造を破壊、強制的に気化させる必殺の振動波。

光を発することすらないまま、それは空気中の水分の分子構造を破壊しながら突き進み、風景を歪ませながらレイ達に迫っていた。

「――――」

眼前の空間の歪みによって、それが如何なる攻撃であるかをビースリーは察していた。

そして、鎧を脱いでいる自分ではまず耐えられないものであろう、と。

否、攻撃の性質を考えれば、着ていても死は確実である、と。

(私では……耐えられない)

ゆえに、自分はここで倒れるとビースリーは確信する。

だからこそ攻撃が到達する寸前、彼女は自身の生存を切り捨て、咄嗟に……自分の傍に立つレイを左肩で押し出した。

ステータス差もあり、レイはビースリーによって押し出される。

直後、不可視の波が彼女達へと到達する。

「あ――」

電子レンジに入れられたように体中が無差別に破裂する。

痛みがカットされていても全身が沸騰する感触を覚えながら……HPが一瞬で削られる。

何時しか【ブローチ】も砕け散って、……ビースリーはデスペナルティとなった。

「先、輩……！」

彼女が最期の力で助けたレイは、未だ死んではいなかった。

だが、無事ではない。ビースリーに突き飛ばされたとはいえ、完全には振動波の効果圏を脱することが出来ていなかった。

その右腕は分子振動の波に巻き込まれ、――融解して溶け落ちている。

ビースリーが消えたすぐ傍で、右手の骨の残骸と共に右の《瘴焔手甲》が蒸気を立ち上らせていた。

「ッ!! まだ、だ！」

既に【黒纏套】も照射を終えて外套へと姿を戻している。

最早、この戦闘中に再び《シャイニング・ディスペアー》を使うことは出来ない。

切り札の一つを、活路の一つを叩き潰された。

それでも、レイが言うようにまだ決着はついていない。

それは、ベヘモットも同意見だった。

『R2（第二ラウンドだよ）』

ビースリーの死と共に重力場が消え失せて、ベヘモットは再び四足を地に着けていた。

そして……ベヘモットは即座にレイを狙って突撃を敢行する。

「ッ！」

対してレイは、今もまだ効果を発揮している《追撃者は水鏡より来たる》で同期した同値のAGIで退避する。

右腕を失ったことはバランスを欠くが、幸か不幸か、左の腕を失くしたまま一ヶ月近い時間を過ごした経験のあるレイは、酷似した感覚を体験済みだった。

それでも同じ速度ならば、ルークの時と同様にベヘモットが追いついて仕留めていただろうが……今度はベヘモットの方が今の自分に慣れていなかった。

手に入れてから今まで、隠蔽し続けてきた装備が【グレイテスト・トップ】である。

特に皇国内ではどこにフランクリンのモンスター情報網があるかも知れたものではなく、使用できる機会はほとんどなかった。

ゆえに、【グレイテスト・トップ】を着用した上での高速戦闘は、ベヘモットであっても不慣れだった。後ろ足よりも巨大な前足など、形状的にも慣熟が未だなされてはいない。

そのことをレイもまたうっすらと察していた。今の装備が、事前にビースリーが調べたべヘモットのデータにも一切なかったものであるからだ。

同時に、思考を重ねる。

(さっきみたいに飛んでいない……！　飛ぶよりも走る方が速いのだから、当然と言えば当然か。飛行は出来ても、そう速い速度じゃなかった。恐らくは亜音速にも届いていない)

あくまで浮遊飛行。超音速で大地を駆けることに比べれば、あくびが出るほどに遅い。

仮に同じだけの速度で自由自在に飛べたのならば、既に勝敗は決している。

しかし、そうした問題があるとしても……。

(それでも、装備の性能が高すぎる……。神話級でも足りない……なら、超級武具か？　まだ見つかってなかった一体目の……)

《鑑定眼》を持たないレイには装備の名前すら見えていないが、それでも装備の性能から答えに……かつて話だけは聞いていた正体不明の一体目に辿りついている。

(けど、超級武具だとしても……強すぎる！　炎熱無効に、重力無効、熱線砲に、あの防御力……！　明らかに、フィガロさん達の超級武具よりも性能が高い……！)

剣としての性能と光線の力を有する【グローリアα】。

杖としての性能と限定即死の力を有する【グローリアβ】。

短剣としての性能と威力強化の力を有する【スーリン・イー】。

レイの知る三つの超級武具と比較して、【グレイテスト・トップ】は多機能に過ぎた。

全身装備として多数の装備スロットを消費しているからという理由以上に、強過ぎる。

(何かデメリットを抱えているはずだ。メリットと帳尻を合わせるだけの……!)

そうしたレイの予測は、正しい。

なぜならこの【グレイテスト・トップ】には……一つだけ致命的な欠点があるからだ。

◆

(まずは見えているレイを仕留めて、……またいつの間にか影に潜ってるあの二人はどうやって炙り出そうかな)

実を言えば、ベヘモットは勝負を急いでいる。

自らの勝利までのプロセスを再度構築し直しながら、ベヘモットは心中で呟く。

(――あと、四分一〇秒)

彼女が思考したものは、タイムリミット。

【グレイテスト・トップ】は、五分間しか装備できない。

装備スキルの使用にベヘモットのMPやSPは消耗しないが、代わりにリミットを過ぎれば強制的に装備は解除される。

そして、再装着までには内部時間で五〇〇時間のクールタイムを必要とする。

使用を躊躇っていた理由には、それもある。【グレイテスト・トップ】を使えばこの場での勝利はできるが、欠点が知られれば今後の戦いでそこを突かれるからだ。

ゆえに、ベヘモットは残る四分一〇秒で勝負を決するつもりだ。

多少、身を危険に晒す無茶な攻め方をしたとしても。

『……レヴィ』

レヴィアタンに対し、ベヘモットは心の中で呼びかける。

『ベヘモット！』

レヴィアタンもまた、それに応える。

それは〈エンブリオ〉との念話には遠い距離だったが、問題ない。

今行っているのは、【獣王】の奥義を用いたものだ。《獣心一体》。自らと《獣心憑依》しているモンスターとの、距離や障害が意味を成さない意思疎通。

〝物理最強〟【獣王】の奥義と言うには控えめだ。

しかし獣戦士系統とは本来はそうしたもの。パートナーであるモンスターとの連帯こそを主とするジョブ系統なのだから。

『そちらは……！』

『【グレイテスト・トップ】を使わされた。つよいし、たのしい』

心配そうに問うレヴィアタンに、ベヘモットは心の底からそう答えた。

追い詰められはしたが、追い詰められるということが今では希少だ。

楽しいという感想も湧く。

『ベヘモット……』

『だけど、楽しんでばかりじゃいられないから、ね。わたしは【グレイテスト・トップ】のリミットまでにこっちを倒しきる。だから、それまで耐えて。こっちが終わったら、レヴィと合流して……必殺スキルでシュウを倒そう』

『……承知しました』

そうして彼女達の会話は終わり、それぞれの戦いへと集中する。

お互いの戦いの結末を、知らないままに。

□■国境地帯・山岳部――改め荒野

戦闘の開始から、どれほどの時間が経ったものか。

レイ達の戦いが始まる前から行われていたシュウとレヴィアタンの戦い。幾度も重ねた巨大な鋼と獣の激突は幾つかの山を崩壊させ、土塊と岩の荒野へと変貌させている。

（……まだ、倒れないか）

バルドルの中で、シュウは苦い顔をした。普段であれば着ぐるみが隠すだろうそうした顔は、今はコクピットの中とはいえ露わになっている。

シュウの表情の理由は、レヴィアタンの余力にある。

シュウは、そしてレヴィアタンは、互いに両者がそのまま戦った場合の最終的な決着はシュウの勝利であると解っていた。

ステータスと技量、武装を考慮すれば、シュウがレヴィアタンに負ける確率は低い。

だが、シュウとレヴィアタンには見解が相違する点があり、それはレヴィアタンの予想に軍配が上がっている。

それは……レヴィアタンが倒れるまでの時間だ。

シュウの読みでは、レヴィアタンは既に倒れているはずだった。

だが、現在も彼女は健在であり……その莫大なＨＰもまだ半分は残っているだろう。

読みがそれほど大きくズレた要因は三つある。


第一の要因は、勝負を決める機会が訪れなかったこと。

厳密に言えば、両者共に攻勢は取り続けていた。

だが、レヴィアタンはここぞというタイミングで距離を空ける。

そのタイミングは全て……シュウが勝負を仕掛けるタイミングだ。シュウが最終奥義の予備動作に入ったタイミング、あるいはそれに繋げるために内蔵火器で隙を作ろうとしたタイミング、普通の攻撃に織り交ぜた部位破壊のための技を仕掛けるタイミング。

そうした、シュウが戦闘の趨勢を動かそうとした時に限って……レヴィアタンは大きく距離を空けてバルドルの拳足の遥か外へと逃れている。

レヴィアタンにそれができるのは目視による観測や今のバルドルを上回るＡＧＩもあるが、何よりも獣の本能が大きい。

レヴィアタンはスキルなどほとんど持たないガーディアン。

しかしそうであっても獣は獣らしく、スキルではなく自前の直感として……シュウからの危険を察して動いている。シュウの経験則と勘に対してレヴィアタンの直感が潰し合い、決定打になりえなくなっていた。

（……厄介だな）

第二の要因は、レヴィアタンの装備。

通常、レヴィアタンにとっての装備は、人型のときにカモフラージュのために身に着けていた隠蔽用のアクセサリーや人間用の装備品に限られる。

従魔やガードナーにつける装備は存在し、特にレジェンダリアなどではその生産が盛んだが、レヴィアタンは巨体過ぎるがゆえに生産装備など身につけることは出来ない。（そもそも、装備の耐久力の問題で武器や防具は意味を成さない）

ただし、一つだけ例外がある。

『……継続回復型の特典武具を持っているとは、知らなかったな』

ベヘモットではなくレヴィアタンにアジャストした特典武具の存在。

巨体と化した今もレヴィアタンが身につけている特典武具のアクセサリーは、巨体のどこかに埋もれながら……今もレヴィアタンのHPを回復させ続けている。

『あなたとの戦いでもなければ身につけません。私達は強すぎて手の内を隠すにも難儀する身ですが、隠せるものは隠します』

『道理だ』

当然と言えば、当然の戦術。しかし隠匿されていたその装備のために、少しずつ削ったダメージも半分以上が回復されている。

(HPの割合継続回復ってところか。元の数値が莫大だから秒間〇．一％だとしても一秒で二万は回復しやがる。……ギデオンでわざわざポーションを飲んで回復したのは、ブラフの一種だったか)

一〇秒に一度は直撃を当てなければ、HPを削ることすらままならない。

むしろそんな条件下で二〇〇〇万を超すレヴィアタンのHPを半減させたシュウにこそ、驚くべきである。

(ここまで掛けた時間と同じ時間を掛けなきゃ倒せない……って話ならまだマシだが)

野生の勘と特典武具。それだけであれば……まだシュウは決着をつけることができた。

しかし、ここに第三の要因が絡む。

『……随分と、消極的になったな』

『…………』

HPが四割程度削れたところで……レヴィアタンからの攻勢が衰えたからだ。

否、衰えたのではなく……露骨なまでに遅延戦闘に移行した。

自らが仕掛けることは減り、防御と回避、回復に意識を集中している。

(……最大の読み違えは、こいつのクレバーさか)

レヴィアタンは単独でシュウに勝利しきれないことは最初から察しており、それを知った上で自らの闘争本能という名の欲求に従いながら戦っていた。

しかし獣の如き闘争本能を有するレヴィアタンだが、その本質はベヘモット至上主義。ベヘモットの指示とベヘモットの勝利以上に優先する事柄など、彼女にはただの一つもありはしない。

ゆえに、ベヘモットの勝利が確認できるまで倒れないことこそが彼女の最優先事項であり、勝負を楽しむという自身の欲求はHPが四割削れたところで消え失せている。

今しがたベヘモットから《獣心一体》で連絡を受けたことで、さらに顕著になっている。

(まずいな)

バルドルを駆るシュウであっても、元よりAGIとENDではレヴィアタンが勝っている。それが全力で遅延戦闘に徹すれば……シュウであっても倒すことは難しい。

少なくとも、ベヘモットが勝負をかけているこの数分の内には不可能である。

(……どうする?)

いっそのこと、レヴィアタンを無視して議場に戻るという手はある。

しかしその場合……待っているのは確実に、あらゆる手を尽くした【獣王】である。

（こいつらの必殺スキル……十中八九、ルーク達（たち）と同じ融合合体スキル）

ガードナーとしては珍（めずら）しくもない、むしろありふれた形の必殺スキル。

もしも仮に合体して元のステータスを足すだけならば、今の《獣心憑依》と大差ない。

しかしそれがステータスを倍化するタイプや、合体直前のステータスを足しこむタイプであった場合、……待っているのは最大最強の怪物（かいぶつ）による地獄（じごく）絵図である。

必殺スキルならばその程度は当然であり、『レヴィアタンはステータス特化である』という理由だけでその恐れを捨てることは暴挙だ。

多機能に過ぎたバルドルの必殺スキルですら、ＳＴＲをベースにステータスを増強する程度には効果を発揮しているのだから。

（必殺スキルの脅威（きょうい）を想定したからこそ、こうして別戦場にレヴィアタンだけを移した。だが、このままこっちが時間を取られて、向こうが負ければ……べヘモットがこっちに来て同じ結果になるか……？）

シュウは今、選択（せんたく）の岐路（きろ）にいた。

現状のべヘモットよりも強いであろう最大最強の怪物と、この荒野で戦うか、議場で戦うかという二択（たく）。

（……【γ（ガンマ）】を使うか？）

あるいは……ここで後先考えずにレヴィアタンを自身の全力を使い切って倒すか、最大最強の怪物を相手に使うかの二択。

『……………』

シュウは冷静に考える。

シュウにとっての最終兵器を……【犯罪王】を倒した力を使うのならば、レヴィアタン単体には確実に勝てる。

そして、必殺スキル使用後の【獣王】が相手でも、想定通りならば勝率は五割ある。

(しかしその場合、相手にもう一枚……何か伏せた札があれば王国に勝機はない)

その力を使ってしまえば、シュウにはもう打てる手はなくなる。これまで使えなかった理由は、その力を使えばもうシュウを戦力として数えることは出来なくなるためだ。

(最悪なのは……この戦いが監視されてるってことか)

シュウはバルドルのセンサーの一部を上空へと向ける。

そこには、光学迷彩が施されたドローンが熱源センサーに掛かっていた。

(レイとやったらしい【光王】がこの戦闘も観戦しているらしい。だが、それはまだいい。手を出す様子は今のところないし、バルドルとの戦闘相性も悪くない。問題は……)

バルドルがセンサーを動かすと……羽を生やした目玉の如きモンスターも戦場を俯瞰し

ていた。それはシュウにとっても多少の見覚えがあるもの……【ブロードキャストアイ】というモンスターだった。

（クソ白衣の情報収集用モンスター……いるとは思ったがな）

あのカルチェラタンでのレイと【魔将軍】の戦い、それを監視して録画していたのもフランクリンであろうとシュウはあたりをつけていた。

王国と皇国にとって重要な講和会議が開かれ、……そしてシュウやベヘモットといった大戦力の手の内を見る機会がありそうな国境地帯に、あのフランクリンがモンスターを配していないはずがない。

（問題はモンスターだけか、本人も来ているのか……だ）

仮に本人が来ていた場合、状況は最悪だ。シュウがここでレヴィアタンを、あるいはベヘモットを、全力を尽くして撃破できたとしても……シュウを欠いた上に疲弊しきった戦力でフランクリンのモンスター軍団を迎え撃つことになる。

シュウの大火力がなければ、皇国最多戦力であるフランクリンは依然として最大級の脅威なのである。

シュウが切り札を使った後……すぐにそうしないとも限らない。

だからこそ今までシュウは切り札を切れなかった。

『………』

シュウは彼(かれ)には珍しいほどに迷い、悩(なや)んだ。

そうして過ぎる時間と共に選択を迫られたシュウは、

『バルドル、【グローリアγ】を起ど……』

己の最終兵器を使うという決断をしかけて、

――ここは任せた。

――任された。

議場を離(はな)れるときに発した己の言葉と、それに対する弟の返答を思い出した。

『【臨終機関　グローリアγ】を起動しますか?』

『……いや、起動はしない』

シュウは最終兵器……己の有する超級武具の使用を取りやめた。

『……ハハハ』

そうしてどこかおかしそうに笑い、こう考えた。

(発想を逆にするか)

先刻までは選択から外していた選択肢が、今のシュウの目の前にはあった。

（あいつらがベヘモットを押さえるんじゃなく、俺がレヴィアタンを押さえる。そして、あいつらがベヘモットに勝つ）

そうなればシュウと相対するレヴィアタンも消えて、シュウの余力は残る。

もしもこの後にフランクリンが来たとしても、シュウが立ち向かうことも出来る。

王国は、この地獄のような条件下でも勝利できる。

最上の結果は、その小さな可能性の先にしかない。

『ま、そうだな。そのエンディングが、一番良い。……よし』

ならばとシュウは、戦いに臨む己の心境を、姿勢を、整える。

『……焦らないのですね』

『焦る必要はなくなったよ。うちの弟とその仲間達が、ベヘモットに勝つからな。俺はお前に邪魔させなけりゃそれでいい』

『…………できるとでも？』

怒りを滲ませた言葉と共にレヴィアタンが飛び掛かってくるが、どこか余裕を含んだ声音でシュウは応える。

『うちの弟――舐めるんじゃねえクマ!!』

余裕を含ませていながらも……心の底からの言葉と共に、シュウはバルドルの鉄拳をレヴィアタンの腹部に叩き込んだ。

『グ、ゥ……、認識の誤りの対価は、すぐにあなたの絶望で払うことになるでしょうね』

『知るか！　アイツが駄目だったときには俺が死ぬほど頑張ればいいだけだろうが！　それが兄貴ってもんクマ！』

そうしてシュウとレヴィアタンの戦いは続く。

それは、議場での決着が付くまでには決して終わらない戦い。

お互いに、時を稼ぐ戦い。

シュウはレイの勝利を信じ、レヴィアタンはベヘモットの勝利を信じた。


その意味と結末は、遠からず。

第十五話 最後の選択

□■国境地帯・議場

【グレイテスト・トップ】を纏ったベヘモットの猛攻は、更に激しさを増している。

見える標的であるレイを追い立てながら、時に頭部の分子振動熱線砲を周囲の影に放ち、隠れた二人を文字通り炙り出そうとしている。

レイはネメシスの第四形態・黒翼水鏡の一部である双翼剣の片割れを左手に持ちながらも、回避に集中。【グレイテスト・トップ】を纏った後も継続して装備していた非実体爪による追撃や、レイも巻き込もうとする軌道の熱線砲を辛うじて避ける。

そうするレイの顔には、迫る攻撃によるものだけではない焦りがあった。

『レイ！　発動から三分だ！　ダメージカウンターも心許なくなってきおったぞ！』

念話で呼びかけるネメシスに、レイは応答する。

（具体的には？）

発動中のスキル、《追撃者(チェイサー)》は発動時と一分経過毎(ごと)に同調したステータスと同値だけダメージカウンターを消耗する。

ベヘモットの攻撃を《カウンターアブソープション》で防いだ際に二〇万程度は吸収していたが、除算されてもなお三七五六四という数値を誇(ほこ)るベヘモットのAGIに同調しているために消耗が早い。分子振動熱線砲で右腕を焼き溶かされてまた増えたはずだが、それもレイのHPから右腕一本分をなくす程度の値(あたい)しかないためにさほど大きくはない。

『残りは二万少々だ！ 次の判定で超えられずに《追撃者》が切れるぞ！』

（おい、数値の減りがおかしいぞ。三七五六四を四回で一五〇二五六……少なくとも一回分は減りが多い！）

『今しがた除算対象がSTRに変わっていたタイミングがあったであろう！ その分の判定は時間内の平均で引かれたらしい！ そこまで大幅(おおはば)にステータスが変わるような相手と戦っていなかったから知らなかったがの！』

「なるほど……な！」

思わず口に出してネメシスの報告に応えながら、レイは振動波をギリギリで回避した。

そうする間にも、焦燥(しょうそう)はさらに強くなる。

（……再び攻撃を受けてカウンターを溜(た)め込むしかない、か！）

『だが、相手の攻撃は《タイガー・スクラッチ》の三連撃……防げるか？ 第四形態では《カウンターアブソープション》も使えぬぞ』

初撃とは違い、今は《追撃者》を解除する訳にはいかない。

《カウンターアブソープション》を使用可能な形態になれば、速度差で打つ手がなくなる。

ゆえに、レイの選んだ手は……それではなかった。

（……ブローチで受ける）

『不可能だ！ 連撃中の超過ダメージでも砕けるぞ！ 何度判定があると思う⁉』

レイの現在のHPは二万弱。

二〇万相当のベヘモットの攻撃を受ければ、ブローチの破損判定は最低でも一〇回。三連撃全てのダメージを耐えるには、一〇％の賭けを二〇回は乗り越えなければならない。

三撃目の前に破損する確率は八七％以上。

乗り越えることに期待する方がおかしい確率だ。

（いや……賭けは二回だけだ）

レイはネメシスの言葉にそう答えつつ……左手の翼剣の柄を口で咥えた。

『レイ⁉』

レイは空いた左手を己の懐に差し入れていた。

そうしたレイの動きの間にも、ベヘモットは距離を詰める。

レイの奇妙な動きに警戒を抱くが、それで攻め手を緩めはしない。

『そうか、その手が……。だが、それこそ運否天賦の話だぞ』

ネメシスはレイが行ったことを把握して、その意図を察した。

(百も承知だ。運任せな上に二度は使えない手だが、ここが使い時だろう)

『分かった。ならばそれに関してはもはや言うまい。現状では最良かもしれん。相手の攻撃を受けて《追撃者》の時間を増すか。時間を稼げばそれだけクマニーサンも……』

ネメシスはダメージを受けた上で、同速を活かして時間を稼ぐべきだと主張する。

しかし、レイは微かに首を振って否定した。

(――いや、ダメージは衝撃即応反撃で叩き返す)

衝撃即応反撃。相手の攻撃を受けると同時に、そのダメージを《復讐するは我にあり》で叩き返すレイの磨いた技術。

しかしそれはダメージカウンターを攻撃に消耗するということだ。

『ッ！　……そうか』

その発言にネメシスは驚いたが、レイの言葉を否定せずに受け入れる。

『だが、倒しきれぬぞ。最良でもあの鎧を砕けるかどうか……恐らくは破壊に至らぬ』

（それでいい。どの道、アイツが作戦を変えて扶桑先輩を狙えば、六〇万近いダメージカウンターがあっても二、三分で切れるからな）

【グレイテスト・トップ】を纏った後も、ベヘモットは月夜を狙ってはいない。

AGIを除算している原因である月夜を真っ先に狙わないのは、彼女の手札を警戒しているのか、あるいは何らかの思惑があってのことか。

しかし、その考えがいつ変わり、月夜を狙うとも限らない。そうなれば、レイ以外はベヘモットの速度に追いつけなくなり、上昇した数値消費によってすぐにガス欠となる。

ゆえに、勝利に繋げるにはここで仕掛けるしかないとレイは判断した。

『衝撃即応反撃の後は？』

（双剣で二発撃つはずの第四形態の《復讐》も、今は一発ずつしか使えない。半分残ったカウンターで《追撃者》を継続して、マリーと月影先輩のサポートに回る）

『承知した。……死ぬなよ、レイ』

（まだ、デスペナルティには早いさ）

そうして、《追撃者》の次の判定のリミットが迫る。

このままではその判定を超えられない。リミットが過ぎればレイの速度は本来のものに戻り、除算されたベヘモットの姿を捉えることもできなくなるだろう。

しかしそれよりも早く、ベヘモットはレイとの距離を詰めていた。

レイもまた、それに対応して……。


自ら、足を止めた。


『――――！』

静止したレイに、ベヘモットは僅かな驚きを見せるがその動きは止まらない。右の非実体爪がレイへと振り下ろされ、追従するように二撃分の《タイガー・スクラッチ》も迫る。

そうして一撃目が命中した時、

『……？』

ベヘモットは奇妙な手応えのなさを感じた。

続く二撃目の命中でも、それは同様。

この時点で、おかしいとベヘモットは考えた。相手のHPを考えれば、超過ダメージの判定で【ブローチ】が砕けていてもおかしくはないはずなのに、と。

だが、その答えはすぐに知れた。

レイの懐から、何かが零れ落ちる。

砕けたアクセサリーのようなそれは……【ブローチ】ではない。

まるで竜の鱗のようなものだった。

それを、ベヘモットは当然知っていた。

(――【身代わり竜鱗】)

被弾と共に砕ける代わりに、被ダメージを一度だけ十分の一にするアクセサリー。

レイもかつては【デミドラグワーム】との戦いで使い、そのときの経験から【ブローチ】同様に用意はしていたもの。

それが二つ分砕けて落ちる光景に、ベヘモットはレイが何をしたかを察した。

(判定回数を……減らした?)

二〇万のダメージを十分の一にしたことで、二万ダメージ。

レイのHPと比較すれば、【ブローチ】の判定は二回で済む。

一〇%を二〇回は超えられずとも、二回ならば常識の範囲で運次第。

(さっきの動作は……)

先刻、左手を懐に入れたのは、【竜鱗】を取り出して装備するため。

だが、ベヘモットが攻撃するまでに装備する時間は、一つ分が精々であったはずだ。

ならばもう一つはどうしたのか。元からつけていたということはない。そうであればこれまでの衝撃や微細なダメージでとっくに砕けているはずだ。
ならば……。
(被弾の直前に、《瞬間装着》を……)
手動で一枚、汎用スキルで一枚。
レイが二枚の【竜鱗】を装備したタネを察した時、三撃目がレイに命中する。
これまで砕けて落ちたのは【竜鱗】だけであり……【ブローチ】は健在。
「オォ!!」
三撃目をレイは自らの体で……砕けていない【ブローチ】による無効化で受け止める。
同時に、咥えたままの翼剣がベヘモットのすぐ傍にあった。
『ッ!!』
ベヘモットは、レイがカウンター戦法を使うことは把握していた。
読んだ上で、続く左爪の連撃を用いてカタをつけるつもりだった。
『《復讐するは――》』
だが、両者の速度が同速であるならば――
『――我に――』
――続く攻撃のために動いていたベヘモットの左爪よりも――

『――あり》!!』

――被弾と同時に動き出していたレイの刃の方が速いのが道理だ。

レイの【ブローチ】が今度こそ超過ダメージによる判定で砕け落ちると共に、翼剣より放たれた《復讐するは我にあり》がベヘモットの右頸部で炸裂する。

『ッ!?』

固定ダメージの炸裂を受けて、ベヘモットの体が左方へと傾く。

レイが剣を咥えて《復讐》を使うのはこれで二度目であるからか、標的が小さくとも当てることは出来た。

ベヘモットが放とうとした左手での連撃はレイの体を逸れ、既に失くした右腕のあった場所を掻いた。

だが、直撃を受けて体勢を崩しながらも……ベヘモットは健在だ。

「……ッ、まだか！」

翼剣を口から放したレイの言葉に、ネメシスも答える。

『ああ！　砕けておらぬ、やはり半分では足りなかったようだ！』

三連撃で溜めた六〇万前後のダメージカウンターの半分。

それを倍化した一撃を受けても、【グレイテスト・トップ】の破壊には至っていない。

直撃部分から右半身全体に罅が入ってはいるが、未だにその全身は鎧われている。

元より、この世で最も硬い金属である超級金属。当時のベヘモットがレヴィアタンの必殺スキルを使って叩き続け、ようやく破壊に至った強靭の極限。

《復讐》が防御力に関係なく何十万という固定ダメージを与えるとしても、ただの一度で砕ける耐久力ではない。

だが……罅は入った。

「もう一撃当てれば……砕けるな」

ダメージカウンターは、まだ三〇万は残っている。レイは距離を取りつつ、未だダメージカウンターを消費していないもう片翼の剣に取り替える。

《追撃者》の四度目の判定をクリアしながら、レイは次の一撃を当てる機会を窺った。

『……』

ベヘモットは体勢を立て直しながら、思考を重ねる。

それは、自らが受けた衝撃即応反撃について。

その技術の存在をベヘモットは知っていたが、対応は出来なかった。

それは無理もないことだ。

ベヘモットと同速の相手が、自らもベヘモットの攻撃を受けながら、重ねてカウンターを放つ。その動きにはベヘモットも対応できない。

いや、これまではする必要すらなかったのだ。

ベヘモットと同速を出せる相手などほとんどおらず、仮にいたとしてもベヘモットの三連撃を受けて生きていることもなかったのだから。

だが、レイは月夜の除算があった結果とはいえ、自らのスキルでそれを為(な)した。

ゆえに、これは歴戦のベヘモットでも未知の感覚だ。

（【ブローチ】がないから、もうできない？　いや、まだできるんだよね）

レイには――《ラスト・コマンド》がある。

自らのHPが尽きていようと、死んだ体を動かして衝撃即応反撃を放ってくるだろう。

レイが【死兵(デス・ソルジャー)】を選ぶ決め手となった狼桜(ローザ)の助言も、そのコンボを見越(みこ)してのもの。

（……侮(あなど)ってはいなかったけど、想定は超えられた。すごいね）

ベヘモットに対してこれまでで最大級の損害を与えたレイに内心での賞賛を向ける。

同時に、ベヘモットは自らについても思考する。

（残りは……三分）

超音速機動により引き延ばされた時間であっても、【グレイテスト・トップ】の装着限界は近づいている。最早猶予はなく、欠点の露呈どころか敗北すらも垣間見える。

ゆえにべヘモットは、

(保険は、すてよう)

作戦を変更した。

それと同時に──【グレイテスト・トップ】の頭部を月夜へと向けた。

「ッ⁉」

その動きは、レイ達にとっては最もして欲しくはないことだった。

現在のレイ達がべヘモットを相手に善戦出来ている最大の要因は、なぜかべヘモットが月夜を狙わなかったことなのだから。

だが、べヘモットがその方針を変えてしまえば、話は別だ。

『────』

頭部が展開し、分子振動熱線砲がその標的に月夜を捉える。

そして不可視の熱線が放たれる瞬間、

「――月夜様。失礼いたします」
月影がベヘモットの影から飛び出し、自身が執るべき二つの行動を同時に実行した。
一つは影を動かして月夜を掴み、熱線の攻撃範囲から安全圏まで移動させ続けること。
もう一つは、ベヘモットを倒すために自らの切り札を切ること。
月影は武器である黒塗りの双剣を投げ捨てて、自らの素手を晒す。
それがとあるスキルに必要な動作であると、ベヘモットも知っていた。
(……きた)
〝物理最強〟の【獣王】ベヘモット。
しかし、この戦場でベヘモットが最も恐れた相手が【暗殺王】月影永仕朗である。
なぜならベヘモットは知っていた。
この戦場で最も自分の死に近い技を持っているのが彼だということを。
【暗殺王】の最終奥義――《相死相殺》はベヘモット相手でも一撃で殺せる。

《相死相殺》は相手が人間範疇(はんちゅう)生物であれば、接触(せっしょく)によって必ず殺せる。

ベヘモットは容姿こそ四足の獣だが、それはあくまでもキャラクターメイキングで作ったアバターのカタチに過ぎない。

人間範疇生物であり、スキルの対象内であり、接触さえすれば殺せる。

（【四苦護輪(ブルドリム)】の装備スキル(〈四苦堅牢〉)は、病毒系や呪怨(じゅおん)系による致命(ちめい)状態異常でもレジストできる。

だけど、《相死相殺》がそのどちらでもないものだとしたら……、あるいはレジストを超えるほどの威力(いりょく)があれば……分からない）

《相死相殺》のことはティアンの伝聞で残っていたから知っている。

だが、スキルの細かな分析(ぶんせき)などこれまでの歴史でされたことはない。

なぜなら、《相死相殺》は対価として使用後に自身も死ぬからだ。

しかも、司祭系統の蘇生魔法(そせいまほう)も効果を発揮しない。

こんなスキルの検証、ティアンの歴史の中では誰一人(だれひとり)としてしなかった。

あるいは、〈マスター〉が【暗殺王】を保有する〈月世の会〉ならば、スキルの検証データもあるかもしれないが……ベヘモットには分からない。

（……いや、向こうは《相死相殺》の詳細(しょうさい)を知ってる。私の【四苦護輪】の情報だって掴んでるはず。それらを知った上で使うのだから……こっちに届くと考えてるってこと）

その答えに思い至り、ベヘモットは警戒を最大限に引き上げる。

「…………」

対する月影は、愛用している黒塗りの双剣を手放して自らの素手を晒す。

《相死相殺》の使用条件は、素手による相手への接触。

相手の肉体に触（ふ）れて、諸共（もろとも）に死ぬ。

彼のデスペナルティ（死）は決定済みだ。

だが、彼にとっては大した問題ではない。

ここで打（う）ち倒さねば月夜もまた敗れ去り、彼女（かのじょ）の望みも叶（かな）わないのだから。

月影はここで命を捨てると決意している。

「…………ッ」

だが、彼の決死の攻撃を果たすためには、クリアしなければ成らない問題があった。

《相死相殺》の発動条件は、相手の肉体への接触。

ベヘモットが全身を超級金属に覆（おお）われた状態では、使用できない。

ゆえに、彼らはまずそれをする。

「一点でいい。砕いてください」

「了解（りょうかい）！」

「──了ッ解！」

月影の言葉に、二つの声が応えた。

一人は、レイ。

もう一人は、月影と反対方向の影から飛び出したマリーだった。

【グレイテスト・トップ】を罅割れさせ、今も固定ダメージを放つ手段のあるレイだけではない。彼女もまた、最強の超級金属を砕いてみせると答えたのだ。

〈超級〉に準ずる力しか持たぬ彼女が、〝物理最強〟の全力でようやく倒せた超級金属を砕くと言う。

知らないからこそ出た言葉かもしれず、余人が知れば出来るわけがないと言うだろう。

だが、彼女の言葉は──虚栄に非ず。

彼女には撃ち砕く自信が……自負があった。

マリーは必殺スキル使用形態へと変形したアルカンシェルをベヘモットへと向ける。

そして彼女は、自らの切り札を口にする。

——六色使用・必殺弾、と。

□とあるキャラクターについて

マリーは自らの〈エンブリオ〉であるアルカンシェルが必殺スキルを得た後、その力を自身の漫画(まんが)のキャラクターを撃ち出すことに使おうと決めた。

赤と黒の二色で〝爆殺のデイジー・スカーレット〟。

青と白の二色で〝毒殺の白姫御前(しらひめごぜん)〟。

緑と銀の二色で〝貫殺のウルベティア〟。

青と黒と白の三色で〝圧殺のウパシカムイ〟。

赤と緑と銀の三色で〝滅殺のファナティーカ〟。

そんな風に自らの漫画のキャラクターを、懐(なつ)かしき子供達を描(えが)いていった。

しかし、彼女には一人だけ……描いても撃ち出せないキャラクターがいた。

それは他(ほか)でもない漫画の主人公……彼女がロールするマリー・アドラー自身だ。

六色で彼女を描いても、彼女が《虹幻銃》で動き出すことはない。

何度繰り返しても、駄目だった。彼女の原稿の中で動きを止めてしまったマリー・アドラーは、〈エンブリオ〉の力でも動くことはなかった。

彼女は『きっと自分が答えを得るまで、彼女が動き出すことはないのだろう』と諦めた。

それは彼女の心の宿題となったまま、今も残り続けている。


それは置くとしても、〈エンブリオ〉としての最大の切り札……六色使用の必殺弾は用意する必要がある。

しかしこの六色は原作のマリー・アドラーの色であり、他のキャラクターでこの六色をふんだんに使った者はいない。

彼女がどうしたものかと考えて、リアルに戻って自らの作品を読み返していたとき。

「……あ」

一人だけ、この六色に該当する者がいた。

思い起こした時、記憶の引き出しから中々出てこなかった理由についても納得した。

だが、ある意味ではこれ以上の人選はないと考えて……マリーは六色使用の必殺弾に彼女を選んだ。

◇◆◇

□■国境地帯・議場

アルカンシェルにとって、そしてマリーにとって六色使用の必殺弾は後先なしの最終手段。彼女の必殺スキルの制限に則り、使えば全ての〝絵の具〟が……〈エンブリオ〉そのものが丸一日使えなくなる特大のデメリットを負う。

しかしそれは同時に――かつて〈超級〉さえも撃ち滅ぼした彼女の切り札でもある。

今の彼女の全てを費やした最強の必殺弾。

その名は――。

「《虹幻銃》――〝神殺し　ラ・グラベル〟」

銃身から放たれたのは、獣の骨で出来た巨大な剣を担ぎ、両目を緑色の布で隠した女性。

その名は、〝神殺し　ラ・グラベル〟。

彼女の描いた漫画における、最強の殺し屋。

主人公であるマリー・アドラーよりも強いと明言されながらも……雑誌の休刊で戦わぬ内に連載が終了した最強のキャラクター。

ゆえに、作者であるマリーしか知らず、今この必殺弾に模倣した彼女の能力は……。

『──殺』

──ただ一度、武器を振るうのみ。

それは今のベヘモットよりも速く……そして強い一撃。

彼女が『ただ強いだけ』と自ら設定していたキャラクターに、〈エンブリオ〉の六弾種全てのリソースを注ぎ込んだことで実現した一撃。

普段であれば、マリーはこの必殺弾を使わない。

使ったところで【ブローチ】にダメージを吸われ、〈エンブリオ〉が使えなくなった自分が残るだけだ。

この戦いにおいても、逆に膨大過ぎるベヘモットのHPを削りきることは出来ないため、急所に当てられる瞬間を待ち続けていた。

しかし今、どこであろうと【グレイテスト・トップ】を砕けばいいのならば……これ以上の手はマリーにはない。

〈超級殺し〉と謳われた彼女の全てを賭けた一撃は——見事に超級金属を砕いた。

罅割れた頭部の右側から右前足の肘に掛かる部分まで。

【グレイテスト・トップ】を砕き剥がし、ベヘモットの生身を晒した。

彼女の全力の一撃は罅割れていたとはいえ……最強の金属を超えた。

それを目撃しながら——マリーの首は飛んでいた。

一撃を食らわした〝ラ・グラベル〟も、自然消滅よりも先に体を両断されて消えている。

自らに向かう攻撃を不可避と悟ったベヘモットが、被害を軽くすることよりも〝ラ・グラベル〟とそれを撃ち出したマリーの撃破を優先したからである。

（【ブローチ】は……。ルークくんのときと同じ、《タイガー・スクラッチ》の連続攻撃か）

頭部を宙に舞わせながら、マリーはそんな考察をしていた。

（……どの道、全弾使いきった私にできることはないですね。あとは任せますよ、【暗殺王】。

……そして、レイ）

そうしてマリーの頭部は……地面につく前に光の塵となった。

マリーが消える間に、月影は再び影に潜っている。

今は地肌を晒した状態のベヘモット。

そこに触れられれば、《相死相殺》で道連れにされるだろう。

乱戦であれば、影からの奇襲を回避するのは困難だった。

(問題はない……かな)

しかし今は、もう乱戦にはなりようがない。

既に人数は残り三人。当たり所さえ間違えなければ耐えられるレイと、直接戦闘力に欠ける月夜の危険度は低く、ベヘモットの奇襲への対応力を下げるほどの力はない。

AGIの除算はあれども、致命打を持つ月影との一対一も同然。

ベヘモットに負ける要素はない。

――周囲に、再び黒と紫の瘴気が立ち込めるまでは。

『……?』

その光景に、疑問を覚える。

(レイは右手をなくしていた。だから、《地獄瘴気》は使えないはずなのに……そうか)

そこまで考えて……ベヘモットは気づく。

事前にレイ達の情報も収拾していたから。

何より……自分と立場を同じくする〈超級〉がソレに敗れていたから。

(もう一体……いたっけ)

この場にはレイ以外にも一体……このスキルを使える者がいると彼女は知っている。

そしてソレは……すぐに見つかった。

ベヘモットの後方……レイの右手の残骸が落ちていた付近。

そこに落ちていたはずの、血の蒸気に塗れた手甲はなく、

「〈SUBM〉の片割れを纏う者……。面白い……ね」

代わりに赤銅色の肌をした童女の鬼が――【ガルドランダ】が立っていた。

【グレイテスト・トップ】を見ながら少し愉快げにそう言った【ガルドランダ】は、装備している【瘴焔手甲】から瘴気を溢れさせ、議場に満たしていく。

壁や天井付近に空いた穴から漏れはするが、床を隠す程度には瘴気が立ち込める。

無論、噴霧の目的はベヘモットを状態異常にかけることではない。【四苦護輪】は継続

装備中であり、噴霧するような薄く広い病毒系状態異常はベヘモットには効かない。

狙いは、床の影を隠して月影の奇襲をサポートすることだ。

言ってしまえば、影という地雷を瘴気で隠している。

『…………』

ベヘモットにしてみれば、この環境形成は些かまずい。

死に至る《相死相殺》を持つ月影からの奇襲、それを確実に回避するためには影の視認は必要不可欠だ。瘴気の発生源である【ガルドランダ】は倒さねばならない。

《無重翼》による上方への退避という選択肢は……ない。飛行は走行よりも遥かに鈍足化するため、今度は月夜の圧縮デバフの的になるだろう。

最悪、耐性やENDまでも含めて六分の一にされ、状態異常にも罹りかねない。

（……対処するのにそれほど問題のある相手じゃない）

速度に関しては、【ガルドランダ】は然程のものではない。超音速機動ではあるが、ベヘモットよりも、同期しているレイよりも、月影よりも遅いだろう。

（でも、近づけばあやうい）

【ガルドランダ】も構えをとり、右手に瘴気を、左手に火炎を集中させている。彼女を撃破せんと近寄れば、カウンターで両手に集中させた瘴気と火炎を叩き込んでくるだろう。

べへモットの推測は正しく、レイの両手として常にあった【ガルドランダ】はカウンターのタイミングなど百も承知である。

(そして、カウンターに気を取られすぎれば……月影が最終奥義で殺しに来るんだね)

ここでのもう一つの問題は、【グレイテスト・トップ】の残り時間も迫っていることだ。

【ガルドランダ】の召喚にもタイムリミットはあるが、レイは召喚に際して【紫怨走甲】に溜め込み続けたMPを全て使用している。

蓄積したMPにより、召喚時間は六〇〇秒。

制限時間が半分を切った【グレイテスト・トップ】よりは確実に長く、手をこまねいていれば先に【グレイテスト・トップ】のタイムリミットが訪れる。

そして【グレイテスト・トップ】が装備解除されれば、月影の最終奥義の致命箇所がマリーに砕かれた右首筋を中心とした一点だけでなく、全身になってしまう。

つまり逃げる選択肢も待つ選択肢もなく、どう足掻いても【ガルドランダ】との戦いは避けられない。

攻勢に出て、攻防を制するより他にべへモットに勝機はない。

ゆえに覚悟を決めて、べへモットは【ガルドランダ】と……周囲を視る。

(扶桑に動きなし……レイがいない。……アドラーみたいに潜ってるのかな)

月夜はこれまでと変わった動きは見せないが、レイは姿そのものが見えない。

マリーの前例から、月影の手でいずこかの影に姿を隠しているとわかる。

影に潜った瞬間や召喚の瞬間は見えなかったが、恐らくは《虹幻銃》の炸裂にタイミングを合わせたのだろうと察した。

レイも影にいるのなら、影からの奇襲も二回あるということ。

(どっち道、選択の余地なし。なら、踏み込もう)

ベヘモットは決心して、【ガルドランダ】へと突撃する。

分子振動熱線砲は使わない。既にレイとマリーの攻撃で【グレイテスト・トップ】の全身防御が欠けている現状、反動で多少なりとも動きに制限がつくそれを使えば、隙になる。

三倍はある速度差で【ガルドランダ】へと肉薄し、左の【クレッセント・グリッサンド】による《タイガー・スクラッチ》を放つ。

横薙ぎに放たれる致死の連撃は、速度で劣る【ガルドランダ】に回避できるものではない。

だが、違う。

【ガルドランダ】は――回避しない。

相手の攻撃が迫る中、あえて一歩を踏み込んだ。

自らの防御よりも、相手を攻撃の間合いに捉えることを優先した。

そして、彼女の左手が閃く。

「――《零式・煉獄火炎》」

左手に蓄えられたのは、圧縮した超高熱火炎。

かつて伝説級の悪魔を一撃で爆散させた【ガルドランダ】の切り札の一つ。

生身の肉体に命中すれば接触部位を炭化させる一撃を、露出したベヘモットの右頭部へと叩き込まんとする。

それはカウンターであり、彼女の召喚者であるレイがしたことと同じくベヘモットの攻撃に合わせた回避不能の一撃。

だが、先の攻防と今回では大きな違いがある。

(――そうすると思った)

カウンターされることを、ベヘモットが完全に読んでいたことだ。

相手の攻撃が届くに先んじて、速度の優位を持ってベヘモットが右前足を掲げている。

【ガルドランダ】の左手は――ベヘモットの右前足によって阻(はば)まれた。

「！」

右頸部を中心にいくらか砕(くだ)かれた【グレイテスト・トップ】であるが、そこには未だ装(そう)甲(こう)が残っている。

熱量変化への完全耐性を有する守りは《零式・煉獄火炎》を受け止め、無効化した。

直後に《タイガー・スクラッチ》が命中し、――鬼の胴体(どうたい)を上下に分断する。

下半身は続く連撃によって粉砕(ふんさい)され、上半身は壁際(かべぎわ)へと吹(ふ)き飛(と)んだ。

僅差(きんさ)の攻防によってカウンターを制し、ベヘモットは【ガルドランダ】を打倒した。

だが、彼女は既に知っている。

本当の問題はこれからだ、と。

(――来た)

【ガルドランダ】に攻撃を当てた直後、彼女の周囲の二方向から……同時に何者かが動く気配が生じる。

【ガルドランダ】のカウンターがある種の囮であり、奇襲の契機となることは分かっていた。彼女を倒せば、瘴気が消えて影が丸見えになり、奇襲の成功率は著しく落ちる。ゆえに奇襲を仕掛けるならば、【ガルドランダ】との攻防でベヘモットの対応力が落ちる今このときしかない、と。

(けど、その手は見飽きた!)

影からの二点同時奇襲は既に月影とマリーが何度も繰り返し、不発し続けた手の内だ。

影から人の出てきた位置は正面と右後方。

そして真っ先に視界に入った正面の相手は、もはや見慣れた黒の装いと金髪をしている。

(レイは、後回し! 先に月影を倒さないと……!)

《復讐するは我にあり》で多少の手傷を受けたところで、致命部位に命中しなければまだ耐えられる。

だが、月影の攻撃は接触=即死。優先順位は明らかだった。

それゆえに、ベヘモットは即座に自らの体の向きを切り返し、右後方に向けて《ウィングド・リッパー》による衝撃波を両手で連続して撃ち放つ。

《タイガー・スクラッチ》でないのは、攻撃時に接触する可能性をなくすため。

遠距離攻撃スキルである《ウィングド・リッパー》ならば、触れずに倒せる。

そう考えての行動であり、それは正しい選択だった。
だが、二発の衝撃波を受けて吹き飛んだのは、

「こ、ふ……」
金色の髪と黒の装いの――――レイだった。

『――――』
その瞬間のベヘモットの思考は、言葉にするには圧縮されすぎていた。
けれど、思考の中で彼女が真っ先に考えた言葉は、
(――嵌められた)
自らが罠に掛かったという自覚。
ベヘモットが視線を正面の敵へと戻したとき、自らへと向かってきていたのは、
――レイ・スターリングへの変装を解いた月影だった。
ベヘモットは知らなかった。

かつて、〈月世の会〉が独自に狩った〈ノズ森林〉の〈ＵＢＭ〉のことを。〈月世の会〉のメンバーであるとある〈マスター〉が、義子にも語って聞かせた〈ＵＢＭ〉のことを。

狼や蝙蝠に次々と姿を変える奇妙なゴブリンのことを。

その特典武具を……月影が所有しているということを。

自らの外見を変化させる変装の特典武具。《看破》には通じないが、模る姿は自由自在。

ゆえに、レイと共に影に潜った後、レイへと姿を変え、自分はあえてベヘモットの正面に飛び出した。

ベヘモットが咄嗟の判断で、正面のレイよりも右後方の見えぬ相手——月影と誤認したレイを優先すると予想して。

その策は、これ以上なく嵌った。

『————』

ベヘモットには、自らに迫った月影を迎撃する時間がない。

ベヘモットが月影を倒すよりも、月影がベヘモットに触れる方がほんの僅かに早い。

熟練であるがゆえに、ベヘモットは一瞬で、その絶望的な時間の差を把握してしまった。

「——《相死相殺》」

そして、月影の左手が装甲を砕かれて露わになったベヘモットの体に触れる——

――寸前で空を掻いた。

それは、ほんの数センチの違い。指先の第二関節から先程度の長さで、届かない。
月影が目測を誤った訳でも、遅かったわけでもない。
その僅かな差を生み出したのは、ベヘモットだ。
ベヘモットは――タイムリミットよりも前に自ら装備を解除していた。
【グレイテスト・トップ】は装着が一瞬であったように、解除も一瞬。
そして全身を覆う装備を解除したことで、自然と体高は僅かに下がる。
その僅かな違いが、明暗を分ける。
《相死相殺》の手は届かず――直後に月影の肘から先と首が宙に舞った。
僅かに遅れるとされていた、ベヘモットによる迎撃である。
その結果は、見間違いようもなく即死。
月影の体は瞬時に光の塵へと変わる。

マリーの必殺弾。レイの捨て身と【ガルドランダ】。

そして月影の最終奥義を用いたアタックは……失敗に終わった。

『……勝った』

肉声で、人の言葉で、ベヘモットはそう呟いた。その声からは、心臓が口から飛び出すのではないかというほどの、彼女の内なる焦りが漏れ出ている。

彼女にとって、〈超級〉となってからこれほどに追い詰められたのは初めてだった。

かつて皇国の特務兵やとある〈超級〉と戦った際、クラウディアを殺されかけたときも強い焦燥を覚えたが……自分の身では初めてだ。

装備解除の判断がコンマ一秒でも遅ければ、デスペナルティとなっていただろう。

それほどの死線に立たされたことに、ベヘモットの心臓は強く脈打っていた。

「あかんかったかー」

ベヘモットの耳に、そんな声が届く。

声の主は、王国側で唯一五体満足に生き残っている扶桑月夜だ。

ベヘモットの残る標的は、月夜のみ。保険として残していたが、それももはや不要だった。

〈超級〉であっても支援系。切り札の最終奥義を使わせる暇は与えない。

この場で月夜を倒して議場での勝利を達成し、レヴィアタンと合流してシュウを倒し、クラウディアを迎えに行く。

仮にクラウディアが負けていれば、そのときは自分が相対するか、クラウディアを連れて逃げればいいとベヘモットが考えた時。

「……『勝った』、は、まだ早い……ぞ」

壁際から瓦礫の崩れる音と共に……そんな声が聞こえた。

『――――』

本日、幾度目かの驚きがベヘモットの心中を占める。

だが、それは知っていたことだ。

最大の窮地をかいくぐったことで、一時的に失念していたこと。

ベヘモットの視線の先には、一人の男が立っている。

それは、右胸に大穴を空けた……もはや死体としか思えない姿のレイ。

そんな姿でもなお……彼は折れずに立ち上がっていた。

《ラスト・コマンド》。HPが尽きた後、死んだ体を動かす【死兵】のスキル。

それを使う相手と相対するのはベヘモットにとって二度目だが、やはり驚きはある。

動けるはずがないのだから。

右胸に空いた大穴は、先刻の《ウィングド・リッパー》によるもの。

それは、右の肺を完全に潰し消している。

言うまでもなく……致命傷。

(……どうして?)

ベヘモットは疑問を覚える。痛覚はなくとも、肺の一方をなくしたことによる呼吸の……窒息の苦しみはあるはずなのだ。

ティアンの歴史を紐解いても、実際に運用された【死兵】の奴隷はHPが尽きるほどの傷の痛みや体の損壊で……まともに動けなかった。

《ラスト・コマンド》は死を先延ばしにするだけだった。

精々、動けない状態で自爆スキルを使うのが限度。

だからこそ、《ラスト・コマンド》は使えないスキルとされていたのだから。

しかしそれでも――レイは立っている。

数十秒は続く苦しみにも耐えながら、まだ戦いは終わっていないとベヘモットの前に立ち、その両目に諦観は微塵もなかった。

『…………』

ベヘモットは、レイを無視することができる。
時間切れまで距離を取るなりすれば、何もせずともレイは死ぬ。
もしも月夜が蘇生しようとすれば、その隙に月夜を倒すこともできる。
致死ダメージで、《復讐するは我にあり》のダメージ量も跳ね上がっている。
当たり所が悪ければ、ベヘモットもデスペナルティになるだろう。
ベヘモットにとって今のレイとは戦うリスクのみがあり、メリットはない。
戦うだけバカらしい。

しかしそれでも――ベヘモットはレイと戦うことを選ぶ。

瀕死……否、既死にして決死のルーキーに背を向ければ、もはや〝物理最強〟の二つ名は名乗れない。

だから、ベヘモットはレイから逃げない。

メリットはなくても、意味はある。

彼女が、〝物理最強〟の【獣王】であるために。

彼女が、この〈Infinite Dendrogram〉で彼女らしく生き続けるために。

彼女の友に、恥じぬ彼女であるために。

これは……避けては通れない戦い。

『ドライフ皇国、討伐一位。【獣王】ベヘモット』

ベヘモットは、人の言葉でそう口にした。

今改めて名乗るその意味を……相対するレイは知っている。

「……コフッ。アルター王国、クラン二位……」

血を吐き出しながら、レイはベヘモットの名乗りに応える。

「〈デス・ピリオド〉、オーナー……【聖騎士】、レイ・スターリング……！」

互いの……決闘の名乗りとして。

そして、二人は改めて、一人の〈マスター〉として、真っ直ぐに向かい合って……。

「『――勝負』」

相手に向かって、駆け出した。

◇

◆

《ラスト・コマンド》の残時間、四五秒。
〝不屈〟のレイ・スターリングと〝物理最強〟のべヘモット。
二人の、最後の攻防が始まる。

第十六話　決着

□彼女にとっての彼

彼女にとって、彼は危なっかしい人だった。
生まれて、出会ったときから血を流してボロボロの姿だった。
最初に出会ったときだけではない。
あるときは、山中で巨大なアンデッドに立ち向かって死に掛けた。
あるときは、〈超級〉が彼を倒すために作ったモンスターと相対して死に掛けた。
あるときは、天から地上を燃やす黒星に照らされて死に掛けた。
あるときは、悪魔を率いる〈超級〉と戦って死に掛けた。

そうして今は、〝最強〟と死闘を繰り広げて……死んでいる。

それでも死んだ体を動かして、まだ立ち向かっている。

喪失した肺の苦しみも、目を覆いたくなるような自らの体の有り様も、彼の歩みを止める理由になってはくれない。

ボロボロになっても抗い続ける彼の在り方を、『心が強い』と言う人がいるかもしれない。

けれど、今の彼女はそうは思わない。

彼の心を強いと言う、その言葉が間違っているとさえ思う。


彼が繰り広げ……死に掛けた戦いの数々。

彼女の本音を言えば、見ているだけで辛くなるものがほとんどだった。

最初に彼が死んだ……マリーに完膚なきまでに殺されたときよりも、次第にそうした死闘を選ぶ彼自身に心を痛めた。

それは、彼女が彼の在り方の本質を知ったがゆえ。

マリーに殺されたときは事故だった。他の誰の存在もかかっていない、彼だけの死だ。

そのときに感じたのは、彼を守れなかった彼女自身の無力さと喪失の悲しみだけだった。

けれど、彼女達が出会った最初の戦いを含め、彼が潜ってきた死線はマリーとの戦いとはまるで違うもの。

最初にその違いを感じたのは、山賊団の篭った砦の地下。

殺されて、アンデッドにされた無垢な子供達の末路を見たとき。

彼女には彼の心が分かるから、どれほど心を引き裂かれたのかも理解してしまった。

最初に彼女と出会ったとき、彼は一人の子供の命を守ることが出来た。

けれど、砦の地下で彼の前にあったのは、誰にも守られなかった命の結果でしかない。

彼の心は泣いていた。

それからだ。彼女が彼の心の在り方の本質に気づき始めたのは。

山賊団の事件の後は、ギデオンの人々を守るために戦った。

トルネ村の人々や知人の少年を守るために戦った。

カルチェラタンの人々を守るために戦った。

その理由を、彼はいつだってこう言ってきた。

――だって、後味悪いだろ。

今の彼女は知っている。その言葉こそが彼の行動理由であり、彼の本質なのだと。

生まれたばかりの彼女は、『誰かを守ることが出来る優しさこそが彼の本質なのだ』と思っていた。あるいは、『痛みを糧に前へと進む力』だと思っていた。

それらは正しく、けれど完全な正解ではない。

今の彼女が気づいた彼の本質は――『守るために自らが傷つく』ことだ。

優しさと言うには悲しく、前進と言うには痛ましい有り様だ。

誰かの、無垢な子供の、親しい人の、守りたい人々の悲劇を見過ごせない。

悲劇を見過ごせば、彼の心は大きく傷つく。

見過ごすくらいならば……自分の身を傷つけてでも守る。

自らの傷と苦しみを対価に、心を砕く悲劇を覆す力を得る。

彼女に表れた彼の本質は、そういうもの。

彼は『心が強い』のではないと彼女は思う。

『心が強い』のならば、悲劇にも耐えられるだろう。

だが、彼はそうではない。耐え難い心の苦しみよりも、体の苦しみを選んでいるだけだ。

共に在った誰かが、苦しんで消えてしまうことが……耐えられないだけだ。

それはむしろ……『心の弱さ』であるだろう。

悲劇の結末を迎えるくらいなら、自分がどれだけ傷ついたとしても結末を覆すために死力を尽くす。それが彼だ。
彼女には分かる。彼は痛覚が消せるアバターだから無理をしているのではない。
きっと、痛覚があったとしても彼は同じ事をする。
それどころか、本当の肉体でもそうするかもしれない。
……それでも彼は特別な人間ではない。
世界そのものを救おうとする救世主ではない。
世界そのものを変えんとする復讐者でもない。
彼の心に従って、心の望むままに誰かを守る……ただの人だ。
目の前で繰り広げられる悲劇を覆し、悲劇の思い出としないために抗うただの人。
それが彼であり、だからこそ彼女には彼に言えない言葉がある。
『目を閉じ、耳を塞ぎ、逃げてしまってもいい』と……彼女は言えない。
それが最も簡単な道で、多くの人はそれを選ぶ。
けれど、彼女はそれを勧めない。
問いかけることはしても、逃げ道を促しはしない。
彼女が彼を誰よりも理解しているがゆえに、口にはできない。
目の前で苦しむ人々を、守りたいと思った人々を、見殺しにして逃げて安閑とするなど……彼の心にはできないと知っているから。

たとえ彼女が傷つく彼の姿に胸を締めつけられようと、悲劇に立ち向かわなければ彼の心が体以上に傷つくと知っているから。


けれど、だからこそ、彼女は彼が愛おしい。

悲劇に傷つかない『強い心』ではない。他者よりも『特別な人間』でもない。

傷つく弱い心を持って、それでも悲劇から逃げない彼が、守るために悲劇に立ち向かう彼の意思が……彼女は好きだった。


だからこそ、今このときも……彼女は彼の提案した唯一の勝機ある策を受け入れた。

その結果、彼の体がどうなるか知っていても。

自分が、彼をどうしてしまうか知っていても。

再び、自らの無力さと喪失の悲しみを知るとしても……彼女はそれを選択した。

彼の心から生まれた彼女に籠められた願いだけは……守らなければならないと。

□■国境地帯・議場

レイとベヘモットは互いを目掛けて一直線に駆ける。

速度は両者同一。相手の命に届く力も互いに有している。

この戦いで幾度も見せたベヘモットの攻撃力は、レイを行動不可能なまでに五体粉砕することも容易い。

対するレイも、残存していたダメージカウンターに致命傷の一撃分が加算されている。

狙うべき急所……ベヘモットの頭部、首、心臓に命中すれば、その命を傷痍系状態異常によって絶つことができる。

(狙うのは……左腕！)

それを理解しているからこそ、ベヘモットも狙いを一点に絞る。

胴体や頭部では駄目だ。《ラスト・コマンド》の効果中、レイは死なない。

下手をすれば、千切れた上半身や首のない体だけで衝撃即応反撃を撃ってくる。

ゆえに、狙うのは翼剣を保持する左腕。

ダメージカウンターを解放する武器をなくせば、カウンターは不可能なのだから。

左腕を千切り、翼剣を彼方へと飛ばし、その後に全身を粉砕する。

それがベヘモットの完全な勝ち筋。

ベヘモットがそのように勝ち筋を思考しているように、レイも思考している。

己のすべきことを考えている。

二人は共に勝利の可能性を思い描き、それを掴み取るように全霊を尽くす。

一秒より短い時間に、溢れるような思考の嵐を掻い潜って、二人は決着の瞬間へと至る。


「――――」


間合いは僅かにレイが長く、先の先はレイのもの。

間合いに入った時点で、レイはベヘモットの頭部を狙って翼剣を振るう。

頭部より上ならばどこでもいい。ベヘモットのHPが二〇〇〇万を超す莫大なものであっても、今の《復讐》ならば体積の五%は吹き飛ぶ。

その五%が、脳などの致命臓器であればレイの勝利。

ベヘモットと同じ速度で振るわれる翼剣。ベヘモットにとっても〈超級〉になって以降は体験しえなかったイーブンの速さ。

だが、カウンターではなく、正面からの攻撃ならば……。

『——見える』

ベヘモットは、歴戦の経験で回避できる。

自らの頬の体毛を掠める翼剣をやり過ごし、ベヘモットは右手を振り上げる。

発動するのは、《タイガー・スクラッチ》。

三連撃はレイの左手を跡形もなく粉砕して血霧へと変え、衝撃で翼剣を弾き飛ばし天井へと砕けるほどの勢いで叩きつける。

(勝っ……まだッ！)

攻撃手段を奪い勝利したと思いかけた思考に、ベヘモットは自らブレーキを掛ける。

ベヘモットはレイのこれまでの戦いを知っている。

片肺を失いながら立ち上がった今の彼を知っている。

それで止まるような相手ではないと、知っているのだ。

『オオオォォァアアアア!!』

咆哮を上げながら、ベヘモットが両手の爪を同時に振るう。

右の爪はレイの頭部の下半分を――顎を消し飛ばす。
左の爪はレイの両足を――大腿を消し飛ばす。
右腕右足左腕左足、そして頸。
五体を失ったレイは達磨とすら言えない姿に成り果てる。

《ラスト・コマンド》中は致死ダメージでも死にはしないが、これで過去の【死兵】のように何もできなくなった。
先刻のように刃の柄を噛み締めることも、両足で立つことも、あるいは刃を蹴り上げることすら叶わない。今度こそ、何もできない。

(勝っ――)
今度こそ、ベヘモットが再びその言葉を思い浮かべたとき。

――何かがベヘモットの首の付け根に触れた。

(…………え？)

ベヘモットはそれでダメージを受けはしなかった。

それなりの衝撃を感じはしたが、ベヘモットのENDを超えるほどではない。

だが、ダメージなど問題ではない。

それが……触れたということが最大の問題だった。

なぜならそれは彼女の命を絶ちうる――ネメシスの刃。

ベヘモットの思考が、圧縮された言葉に埋め尽くされる。

(ありえない。たった今、彼方へと弾き飛ばしたはずだ。なぜそれがわたしに触れている。

いや、そもそも……)

――どうして、この刃はレイの体を貫通しているのか。

剣は天井に叩きつけたはずなのに、なぜレイの胸から生えているのか。

それは――この翼剣がレイの持っていた剣ではないからだ。

ネメシスの第四形態は鏡と双剣。

翼剣は、もう一つある。

（そうだとしても、誰が……！）

だが、レイは二本目の翼剣を持ってはいなかった。

隻腕のレイに、この剣を使うことはできない。

それも自分の体を貫いてなど、普段であっても不可能。できるわけがない。

——誰かがレイの後方から投擲でもしなければ。

『————』

そして、宙に舞い散るレイの血と肉片の彼方に……ベヘモットは見た。

何かを投げたままの姿勢で固まった……上半身だけの【ガルドランダ】の姿を。

（まだ、残って……！）

上半身だけで瓦礫に埋まり、消えたと思われた彼女の召喚は、まだ維持されていた。

そして、一本目の翼剣をレイ越しにベヘモットへと命中させたのだ。

その様を、ベヘモットは察することができなかった。体躯の小さなベヘモットでは、目の前のレイの体が壁となり、レイの後方の様子が窺えなかったから。

まるで、それもまた織り込み済みであったかのように。

(まさ……か……)

仮にこの状況が最初からレイが狙っていた……唯一の勝機だとすれば。

(自分を……囮に⁉)

左手の翼剣でべヘモットを狙うレイ自身が、目隠しにして囮。

そして、ダメージカウンターを蓄積するためのダメージの受け皿。

その裏で、【ガルドランダ】がもう一本の翼剣をレイへと投擲したのである。

レイが左手に持っていたのは、既に一度使いきったダメージカウンターの残量が少ない翼剣。この体を貫く翼剣こそが本命であり、今まさに幾度もの攻撃を受けてダメージカウンターも十二分に蓄積されている。

レイは《ラスト・コマンド》が発動した時点で、捨て身という言葉すら生ぬるい勝機を見出していた。自らの五体が砕かれる恐怖さえも飲み込んで、悲劇を覆す細く儚い可能性の糸に全てを賭け、そして——届いたのだ。

『《復讐するは——》』

《復讐するは我にあり》は、手に持って使う必要はない。

レイとネメシスが触れ合ってさえいれば、使用できる。
ゆえに口で咥えて放ったことがこれまでに二度あり、
そして今――レイの体を貫きながら発動する。
『――我にあり』
ネメシスの感情を押し殺した……どこか泣き出しそうな言葉と共に、
《復讐するは我にあり》はベヘモットに炸裂した。

◇◇◇

【《ラスト・コマンド》効果時間　終了】
【蘇生可能時間経過】
【デスペナルティ：ログイン制限24h】

第十七話　彼去りし後

□■国境地帯・荒野

そのとき、シュウは相対するレヴィアタンの動きが明確に変わったことを悟った。

それまでシュウに対する遅延戦闘に徹していたレヴィアタンが、シュウを振り切って議場へと一直線に突き進もうとしている。

その行動の意味をシュウは察し、そうはさせまいと行く手を阻む。

『退け!!』

行く手を阻むバルドルを、両手を振るって撥ね除けようとするレヴィアタン。

バルドルは自らの両手でレヴィアタンの両手を掴み、怪獣女王と機械巨神はロックアップにも似た体勢で膠着する。

「退かねえよ。どうやら、あいつらは上手くやったらしいからな」

レヴィアタンの〈マスター〉であるべヘモットが、看過できぬほどの状態になっている。

レヴィアタンの焦燥と動きがその証左だ。レヴィアタンがそのような行動に出ているということは……同時にあることも証明している。

それはつまり、べヘモットは未だ……。

「……ッ！」

不意に、バルドルのコクピットにアラートが鳴り響く。

「何だ？」

『警告。三時方向に新たな敵性対象』

直後、スクリーンの一部に眼前のレヴィアタン以外の敵影が映し出される。

三時方向にはいつの間にか……少なくとも一分前にはいなかったであろう巨大なモンスターの姿があった。

『――――』

レヴィアタンと同程度のサイズ。

だが、その全身は生物として均整の取れた怪獣女王とは真逆。

手足や胴体、頭部に至るまで……別々のものを括りつけたかのような異形をしていた。

何より奇怪なのは、頭部が竜を模した瑠璃色の機械であること。

明らかに自然に生まれた生物ではないモノが、そこに立っていた。

〈ＵＢＭ〉……じゃねえな。ならばこいつは……）

視線を上空へと向けると、依然としてフランクリンの偵察用モンスターの姿がある。

しかしモンスターの視線はバルドルとレヴィアタンにのみ向いており、新たに現れたモンスターを一瞥もしない。

そのことが、モンスターの出自を明らかにしていた。

「案の定、本人が来ていたか……フランクリン‼」

シュウは察した。このタイミング……レイ達がベヘモットを追い込んだこのタイミングで、傍観していたフランクリンが介入してきたのだと。

モンスターの正体はフランクリンの改造モンスター。

それも、かつてシュウが倒した伝説級の改造モンスターとは比較にならないほどに強力な個体だ。神話級か、下手をすればそれ以上であると……シュウの経験が告げている。

『数的不利に追い込まれました。このまま戦闘に突入すれば敗北の可能性大。【臨終機関】を起動しますか？』

「……どうにもならねえようならな」

フランクリンが強大な改造モンスター一体だけを送り込んできたのは、量産モンスターを温存するためだ。広域殲滅型であるシュウがいなくなってから、量産モンスターで議場を制圧しようというのだろう。

　フランクリンも【臨終機関　グローリアγ】の詳細までは知らないだろうが、それでも今のバルドルならばあの改造モンスターで撃破できると考えているということ。

「レヴィアタンの制止と、改造モンスターの相手。どっちもやりながら倒されてもいけないし、【γ】もまだ使えない……か。全くもって無茶な状況だ」

　最大の〈超級エンブリオ〉と、〈超級〉の切り札である最強の改造モンスター。

　同時に相手取るのはシュウといえども無茶が過ぎる。

「だが……あいつらの無茶はそれ以上。なら、俺が先に音をあげるわけにもいかねえさ」

　シュウは不敵に笑ってそう言い切った。

　そしてシュウは……二体の巨大怪獣を相手に戦闘を継続した。

□■国境地帯・議場

　レイとベヘモットが交錯した直後。

舞い散ったレイの血霧が、光の塵となってこの世界から消え失せたとき。

「……おもってたんと違う成り行きになりよったなー」

その戦いの結末を、扶桑月夜だけが見ていた。

月夜にとっては、月影達のあのアタックこそが最後の勝機であった。

残る手段は『あのクマがどうにかしてくれないものか』という程度しかない。

これが夜であれば彼女にもできることはあったかもしれないが、生憎と昼日中の彼女ではベヘモットに対抗できない。

だからこそ、見ているだけだった。

レイが立ち上がったことは予想外であり、そしてその後の行動の結果にも驚いた。

五体が砕けながらも、レイの刃はベヘモットに届き……炸裂した。

直後に《ラスト・コマンド》の効果が切れたレイは消失して……。

後には月夜と――――ベヘモットが残った。

『…………』

ベヘモットは満身創痍の状態だが、生きている。

その首元には穴とすら言える巨大な傷があるが、より明確に重篤なのは両手だ。

両の前足は、どちらも爪先から吹き飛んでいる。

それはベヘモットの判断の結果だ。

首に触れたネメシスからの《復讐するは我にあり》。

あの時点での蓄積ダメージを考えれば、頭部が全て吹き飛んでもおかしくはなかった。

ゆえにベヘモットは選択した。

手で弾き飛ばす時間もあるかどうかという一瞬。

自らの両手でネメシスに触れて……ダメージを首と両手に分散した。

《復讐するは我にあり》は固定ダメージ量を相手の現在ＨＰで割った値に応じて、相手の肉体を接触部位から消し飛ばす。

ゆえに、首だけでなく両手でも触れることで、頭部の損傷を三分の一にしたのだ。

弾き飛ばす時間はなくとも触れるだけならば発動までに間に合うという、一瞬の判断の結果だった。

『こふ……』

それでもダメージは重篤だ。喉の傷は辛うじて頸椎にまでは届いていないが、呼吸すらままならないほどに抉れている。前足も途中で消え失せ、武器を振ることさえできない。

高いENDゆえに傷痍系状態異常の発生が抑えられるはずのベヘモットをして、喉と前足からの【出血】は止まる様子がない。

彼女が〈超級〉になってから、これほどの損傷を受けたのは初めてだ。

『…………』

ベヘモットは体を捻らせ、自分用にオーダーメイドした超小型のアイテムボックスを、床に落とし、自らの足で踏み砕いた。

直後、破損したアイテムボックスから山のようにポーションの類が溢れるが、ベヘモットはそれを踏み砕いて自らの体に浴びせ、破れた喉で無理やりに嚥下していく。

両手と喉の傷口は白煙を上げながら癒えて【出血】を止めるが、それでも欠損した両手は戻らず、喉の大穴も塞がらない。

そこまでの効果を発揮する薬品は、ベヘモットでも持っていなかったらしい。

【出血】は収まっても、未だベヘモットは両手のない不完全な状態だ。

まだダメージが残っているのか、あるいはここまで不自由な状態になったことがないのか、体を伏せて動かなくなる。

「…………」

その有り様に、月夜は思案する。

このベヘモットを自分ひとりで倒せるかどうか、と。

答えは……否だ。たとえ両手をなくし、重傷を負った状態でも……両足だけで跳んで月夜の体をその体躯で貫く程度の芸当はベヘモットならばできる。

『窒息でどうにかなってくれれば……』とも思ったがそれも駄目だ。呼吸がままならないにしては、ベヘモットには苦しむ様子が薄い。【四苦護輪】による状態異常耐性か、あるいはいつの間にか【グレイテスト・トップ】の代わりに《瞬間装着》していたアクセサリーの効果か。どちらかの効果で無呼吸状態での苦しみや行動制限を消しているのだろう。

恐らくはこの状態でも、ベヘモットは十全に動く。

これで残ったのが月夜だけでなく、これまでにこの戦闘で散った者が一人でも残っていれば話は別だっただろうが……現実は今の状態だ。

「一手、足りひんかったね」

あと一手、死にかけのベヘモットにトドメを刺す手段さえあれば王国側の勝利だった。

敗北は確定。

それでも一矢報いてみようかと、月夜が【ジェム】をアイテムボックスから取り出した。

レイの最後の攻防から遅れること二、三分。月夜も彼女なりに覚悟を決めて挑もうとして、……しかし当のベヘモットが月夜を見ていなかった。

壁の大穴から彼方の空を……地上へと落ちる翡翠色の軌跡を視ていた。

『…………』

無言のまま、何事かを深く思案している様子のベヘモット。

しかし数秒の沈黙の後に動き出し……再びアイテムボックスを床に落とした。

ベヘモットがアイテムボックスを踏み砕くと、今度は数枚の紙が周囲に散らばった。

「?」

月夜がその行動に疑問を覚えているうちに、ベヘモットはその内の一枚を選ぶ。

前足がないため口で噛んで選び、喉からの血で少し汚れたそれを、ベヘモットは月夜に向けて放る。

途中で落ちるが、表面を上に向けて落ちた紙の内容は月夜にも読むことができた。

しかし、その内容に月夜は首を傾げた。

「……なんやの、これ?」

『【契約書】』

それもアクセサリーの効果なのか、喉に大穴が空いているというのにベヘモットの声は月夜に届いた。

それが【契約書】であることなど見ればわかるが、問題は内容だ。

「……本気なん？」

【契約書】には、要約するとこう書かれている。

『【女教皇(ハイプリエステス)】扶桑月夜は【獣王(キング・オブ・ビースト)】ベヘモットに治療行為(ちりょうこうい)を行い、彼女の負った状態異常とＨＰ損失を完治させる。対価として、【獣王】のジョブを持つベヘモットと【怪獣女王 レヴィアタン】は〈Infinite Dendrogram〉の時間で二四時間の間、王国の〈マスター〉やティアンに危害を加えない』

治療を対価として、ベヘモットとレヴィアタンが戦闘行動を停止する旨(むね)が書かれている。

わざわざ『【獣王】のジョブを持つ』などという回りくどい書き方をしているのは、『【獣王】をサブジョブに移せばまだ戦闘できるのではないか』という追及(ついきゅう)を回避するためだ。

即ち(すなわ)、本気で戦闘行動を停止する心算(つもり)であることが伝わる。

「これ、今書いた訳やあらへんよね。いつから準備してたん？」

『…………』

いつからといえば、月夜の講和会議への参加が明らかになった直後だ。

戦闘中にベヘモットが思考していた保険とは……月夜による回復魔法(まほう)。

しかしそれは本来ベヘモットではなくクラウディアが、あるいはクラウディアが確保するはずのアルティミアが重傷を負った時のための保険だ。

それでも念のため、シュウと相対して自分が重傷を負うことや、それによってクラウディアの救出が難航するケースも考え、自分用の【契約書】も用意していた。

それが月夜に差し出されているものだ。

『わたしは、シュウ達を舐めていなかった』

月夜の問いに、ベヘモットが答える。

『わたしが倒されることも、手足をなくすくらいのことも覚悟して、挑んだ。だから、事前に用意していただけ』

「……うちを真っ先に倒さなかったんはそれ込みゆーこと」

レベルとステータスで大幅に勝るベヘモットに《月面除算結界》を使おうと思えば、それは一箇所に限定した《薄明》しかない。

その程度のデメリットは抱え込み、戦闘後に取引を持ちかけることを考えていた。

もっとも……仮にシュウの分断策がなく、シュウと月夜を同時に相手取ることになっていた場合、保険のことを考えずに月夜を最優先で倒していただろう。

逆に言えば、シュウ以外の王国戦力と相対する場合は保険を残したままでも、デバフを抱えたままでも戦えると考えていたということであり、その結果がこの重傷だ。

読み違え……とは言えない。それほどに、彼我の戦力差が存在した。

しかしそれでも、レイ達は死力を尽くした戦いによりベヘモットの読みを……確定しかけていた結末を超えたのだ。

その点に関して、ベヘモットは『負けた』とさえ感じている。

ほんの少しでも月影のリーチが長ければ、ほんの少しでもネメシスの接触部位が脳や頚椎に近ければ、それでデスペナルティとなっていたのだから。

『………』

しかしそれでも、ベヘモットはまだ生きている。

今の最善は自らの傷を癒し、クラウディアを救うことだ。

クラウディアの決着がついていなければ己の傷を残してでも月夜を討っていただろうが、そうではない。

地上へと落下する翡翠の軌跡は、一つの戦いの結末。

クラウディアからの連絡もないため、ベヘモットは彼女が敗れたのだろうと察した。

大勢が決した今は、ベヘモットにも戦闘続行の意思はない。

既に本来の計画とは、段取りが変わっている。

ベヘモットの役目はクラウディアが敗北した場合に、その結果を覆すための戦い。

王国の戦力を壊滅させ、クラウディアに勝利したアルティミアを破り、共に皇国へと連れて行くこと。クラウディアが勝っていれば本来不要であるし、敗れていればベヘモットが状況を判断しなければならない。

それゆえ事前にクラウディアから緊急時の行動は一任されている。

『それで、どうするの？』

さりとて、ここで月夜が話を呑まなければベヘモットは残る力の全てで月夜を、そしてアズライト達を狙うだろう。

両手がなくとも〝物理最強〟。まして、〈超級エンブリオ〉であるレヴィアタンは健在のまま、議場を目指そうとしている。

（……カグヤ。向こうはどうなっとる？）

『彼は今、彼女だけでなく、巨大なモンスターとも戦っているわ』

「…………」

夜となり、上空から世界を見下ろしているカグヤが月夜にそう告げる。

シュウ達の戦っている場所はスキルの効果圏外だが、バルドルやレヴィアタンが巨大であったこともあり、見るだけならばカグヤにも確認できていた。

(……どないしょうかな)


巨大なモンスターが何者の差し金であるかも薄々と察しながら、月夜は考える。

ここで契約を交わせば、少なくともベヘモットとレヴィアタンは戦線から除かれる。

クラウディアを連れて逃げられるかもしれないが、【契約書】に『危害を加えない』とある以上、攻撃や誘拐は行えなくなる。

また、シュウもレヴィアタンがいなくなり、巨大なモンスターにのみ集中できるのならば、問題はない。一対一であればシュウは勝つだろうと月夜は踏んでいる。

逆に契約を交わさなかった場合は、まず月夜がデスペナルティになる。

次いで、アルティミアが襲われる。両手がなくとも相手は【獣王】、敗北して誘拐される危険はある。

それに二対一の状況ではシュウが敗れる恐れもある。そうなれば、ベヘモットとレヴィアタン、巨大モンスターが揃ってアルティミアを襲うことになる。詰みだ。

明らかに、契約を交わさない方が王国の分が悪い。

むしろなぜ契約などを持ち出したのかと言えば……交わさなければ、既に敗北しているクラウディアが殺される可能性があるからだ。

王国はクラウディアに王都のテロを止めさせる必要はある。だが、どうしようもない状況となれば彼女だけでもと殺されるかもしれない。

実際にアルティミアがそうするかは別として、ベヘモットはそれを危惧(きぐ)している。ベヘモットが五体満足ならばクラウディアを無事に助け出せるかもしれないが、今は彼女も満身創痍だ。

加えて、彼女のパートナーであるレヴィアタンに、そういった細かな作業が不可能であることは既に明らかとなっている。

クラウディアが敗れ、ベヘモットも部位欠損を伴(ともな)う重傷を負った今、撤退(てったい)を確約する代わりにクラウディアを無事に連れ帰ることが、ベヘモットの落としどころであった。

(……これは選択の余地があらへんかな)

王国としても、契約した方が害はない。

背に腹は代えられない。

ゆえに残る問題は……どこまで積むか、だ。

「これじゃ契約はできひんなぁ。もうちょい積んでもらわんと」

『?』

【契約書】をヒラヒラと揺(ゆ)らしながら、月夜はそう言って……自分の要求を告げる。

「二四時間じゃ足りひんよ。うちらの被害者(ひがいしゃ)はデスペナ明けるまでこっち換算(かんさん)で七二時間かかるんやから」

『……じゃあ、七二時間に』

「足りひんわー。七二〇時間はないと足りひんわー」

『…………』

七二〇時間……〈Infinite Dendrogram〉の時間でおよそ一ヶ月の間、ベヘモットとレヴィアタンは王国に対して攻撃行動を取るなと月夜は要求した。

ベヘモットは思案するが、月夜もこれは退けない。一度撤退しても、返す刀でベヘモットを筆頭とした皇国戦力に再侵攻されれば王国は詰む。

だからこそ可能な限りの長期間……この戦いでデスペナルティになった面々だけでなく、フィガロやハンニャが復帰するだけの時間を稼ぎたかった。

（ただ、これだと破ってもデスペナの方が時間軽いんよなぁ。……デスペナやのうて時間継続式状態異常山盛りに変えとこか。デスペナっても途切れへん奴）

月夜がそんなことを考えている最中、彼女の要求に対してベヘモットは思案して……。

『……呑む、よ』

受け入れることを決めた。

「ほいほい。じゃあ書き直すで。で、次の条件なんやけど」

『……まだあるの？』

「そりゃあるわー。もちろんあるわー」

どこまでベヘモットが我慢できるかを探りながら、月夜は更に条件を重ねる。

「そっちの治療をしてから一時間以内に、クラウディアが王都テロの停止命令を出すこと」

『……わかった』

これはすぐに呑んだ。

なぜなら、こうなった時点でクラウディアは自らそうすると分かっていたからだ。

『代わりに、クラウディアの傷も治して。クラウディアが意識不明の重態だったりすれば、撤退命令も出せない』

「ああ。それはそうやね」

『それと……治すのならば古傷も含めて治して』

新たな条件を引き合いに、クラウディアがかつての戦いで失った腕も含めて治してもらおうと考えたのは、友人を思うベヘモットの欲張りだった。

「ええけど。それだけやと足りひんから別料金になるえ？」

『別料金？』

「――五〇億リル」

だが、月夜はベヘモットより遥かに強欲だった。

『……■uck』

ネットスラングどころではない真正のスラングがベヘモットの口から漏れたのも、無理からぬことだろう。

『…………月夜？』

（いやいやカグヤ。毟れるときは毟らんと。それにこれも相手の戦力を削ぐんやから王国のためやって！）

自身の〈エンブリオ〉からでさえ引くような声音で声掛けされたが、月夜は悪びれる様子もなかった。

「ん？　どうしたん？　討伐一位な上にあの熊とちごて元手もかからんのやから、お金は沢山あるやろ？　それとも仲間よりもお金が大事なん？」

『q』

『地獄に落ちろ』という意思を籠めたスラングの一言と共に、……ベヘモットは金品を溜め込んだ財布代わりのアイテムボックスを月夜に放り投げた。

アイテムボックスが壊れない程度には力が籠められていたのか、受け取った月夜の指が折れたが……それは些細な問題である。

「商談成立やー。ほな、治療始めるでー」

金品を受け取った月夜は、満面の笑みでベヘモットの治療を始めた。

カグヤはそれを見下ろしながら、決死の思いで戦い散ったレイやネメシスをはじめとした戦死者達に対し、申し訳ない気持ちでいっぱいになったのだった。

□■国境地帯・森林部

アルティミアとクラウディアの仕合が決着した直後、クラウディアは自らを空に置いていた【翡翠之大嵐】の機能停止によって地上へと落下した。

体の横を過ぎ去る空気との摩擦を感じながらいくらかの時間を経て、……衝撃が消される感覚と共に地面へと到達した。

仰向けになって空を見上げながら、彼女は呟く。

「……生きていますわね」

【救命のブローチ】はその効果を発揮して、地面との激突による致死ダメージを無効化してくれたのだとクラウディアは悟った。

死ぬところだったということだが、これでダメージが足りなければ無効化できずに瀕死の重傷になっていたであろうから、不幸中の幸いと言える。

「…………」

体を起こして周辺を窺えば、【翡翠之大嵐】が首と胴体で分かれて地面に落下していた。

しかし、流石のフラグマン製。【アルター】で切断された首はともかく、落下のダメージはそこまで大きくはないようだった。

これならば切断部分周辺を丸ごと代替パーツで取り替えれば、あとは自己修復機能で直るだろうとクラウディア……の内なる仮想人格であるラインハルトは判断する。

「問題はこちら、ですわね」

クラウディアの脇腹には、【アルター】によって刻まれた傷跡がある。

しかし、その傷口からは血が流れていない。これは【アルター】の効果ではなく、クラウディアが身につけた機械甲冑の機能だ。

ラインハルトが特典素材を用いて作製したこの機械甲冑は、銘を【流血鬼】という。

その機能は生命機能の維持であり、大きな部位欠損や重傷を負った場合、血液等はその周辺を通らずに機械甲冑をバイパスして体を循環する仕組みだ。

そのため、傷口からは血も流れず、彼女は生命維持を問題なく行えている。

かつての内戦で重傷を負って死に瀕した経験から作製した武具であり、癒せない傷を刻む【アルター】相手でも有効であろうと装備して仕合に臨んだのである。

しかしそれでも、傷が治るわけではない。

「また、機械部品の割合が増えそうですわね」

そう言って、溜め息を吐く。

既に腕を機械と取り替えている彼女であるが、生身の体が惜しくないわけでもない。

生身でなければ感じられないことは多いのだから。

「……さて」

自身の状態を確認し終えた後、彼女はアイテムボックスから通信機を取り出した。

少し大振りだったが、通信範囲やジャミング突破の機能を最大まで高めた結果だ。

「ゼタ。私ですわ」

『確認。この通信機が使われたなら、そちらは失敗ですか?』

彼女が通信機に話しかけると、すぐに応答があった。

　それは現在王都にいる……王都でのテロを行っているゼタの声である。

「ええ。負けましたわ。そちらは？」

『……未遂。貴女に依頼された仕事の内、ターゲットの発見及び確認は達成しましたが、排除は難航しています。仕留めたと思ったのですが、私の〈エンブリオ〉の攻撃が届いている気がしません』

「ああ、やはりそうなりますわね。それも含めて、確認がしたかったのですわ。ところで私の依頼ではなくあなたの私的な目的はどうなりました？　盗めましたの？」

『拒否。回答を拒否します』

「そう」

『指示。排除が不可能であり、そちらの状況が思わしくないのならば次の指示を乞います』

「プランCに移行。あなたには例の準備を済ませて王都から撤退してもらいますわ」

『移行。報酬は指定の方法で。私が確認した対象の情報もその際に渡します』

　二人の間でそんな会話をして、通信は切れた。

「これでいいですわ。……あとは」

　その直後、上空から木々の合間を縫って何かが降り立った。

　黄金の煌玉馬とそれに騎乗する藍色の髪の女性……アルティミアである。

「生きていたわね」

「ええ。アルティミアも生きていて何よりですわ」

地上へと落下したクラウディアにアルティミアが言うだけでなく、クラウディアもアルティミアに無事を確認する言葉を告げた。

彼女はクラウディアと違って重傷を負ったわけではないのに、その言葉を発したのには理由がある。

その理由はアルティミアの、長い藍色の髪。

そのうちの一房が、真っ白に変色していた。

「クラウディア、王都のテロを」

「もう撤退の指示は出しましたわ」

アルティミアがまず要求することを察していたクラウディアは、既にそれを済ませていた。そのことを、《真偽判定》でアルティミアも確認する。

「……早いわね」

「ええ。お互いの望みを掛けた戦いで私は負けましたし、この指示はアルティミアにとって遅れて欲しくはない事柄でしょうから」

実際、クラウディアはそう考えてすぐに撤退を指示した。

同時に、ゼタとの通話内容をアルティミアに聞かれたくなかったということでもある。

「……妹達は？」

「何も聞いてはいませんわ。けれど、殺害か確保をしたのならあちらから報告しているのではありませんこと？」

「…………」

王国を崩（くず）すことも目的のテロであるため、殺すか拐（かどわ）かすかは予備の目的として設定してはいた。それで報告がないのならば、恐らくは無事なのだろう。

もっとも、ゼタが二人の生死を気にも留（と）めていなかった場合は別だが。

「それにしても……その髪、かなり露骨（ろこつ）に代償（だいしょう）が表れましたわね」

「…………」

話を切り替えるように、アルティミアの白くなった髪を見ながらそう言った。

「あの奥義（おうぎ）、代償として命を食われるのでしょう？」

「……ええ」

【聖剣姫（セイクリッド・プリンセス）】の奥義、《元始の境界線（ボーダー・ワン）》は使用者の力を多大に消費する。

それは生命力（HP）や魔力（MP）、精神力（SP）といった数値に表れるものだけでなくより根本的な命……寿命さえも消費する。

諸刃(もろは)の剣(つるぎ)は万象(ばんしょう)を断(た)つ刃(やいば)の切れ味だけでなく、その力の代償にもかかる言葉であった。

「けれど、今回のような短時間の使用ならば……じきに戻るわ」

「今回はそうですわね。けれど、その力は使うべきではありませんわ。彼の伝説は、私よりもあなたがよくご存知(ぞんじ)でしょう？」

「………」

「【聖剣王(キング・オブ・セイクリッド)】……初代アズライトの伝説。先代の【邪神(ジ・イーヴィル)】を討つためにその力を使い、初代アズライトは死に掛けていますわ。いえ、一度死んだとさえ伝わっている。けれど……」

「当時の【聖女(セイント)】が命を賭(と)して、彼の命を救った。【聖剣王】の伝説で……最も有名な話ね」

「けれど今の王国に【聖女】はいない。あの【犯罪王(ゼクス・ヴュルフェル)】に奪(うば)われてしまいましたもの。使いすぎれば命を補えず……死にますわ」

「……承知しているわ。だからこそ、私が何をおいても使うべきだと思ったとき以外、あの力は使わない」

それはクラウディアとの仕合は、彼女が命を削(けず)ってでも奥義を使うべきだと判断したということだ。

「……嬉(うれ)しいと思うべきか、悲しいと思うべきか、悩(なや)みますわ」

「悩むのはもう少し後にして。こちらからも聞きたい事があるのだから」

「何ですの？」

「どうして講和条約に罠を仕込み、王都を襲わせたの？　アナタなら、もっと上手くやれたのではないかしら？」

王国からの旧ルニングス領譲渡と指名手配の解除、戦争行為の停止。

そこまでならば、あの講和会議がまとまりかけたときのように通ったはずだ。

皇国の飢餓状態は深刻であるし、カルディナとの問題もある。だが、あれだけで済ませていれば……あとは穏便な方法で解決することも不可能ではなかったはずだ。

しかし、クラウディアは王都襲撃を選び、王国を滅ぼす選択をした。

その理由こそを、アルティミアは知りたかった。

「それでは全ての望みを叶えられないから……という答えになりますわね」

「全ての望み？」

「……私には三つ、手に入れなければいけないものがありましたわ」

アルティミアの問いに対し、クラウディアはゆっくりと答えはじめる。

「一つは皇国に必要なもの。皇国の飢餓を救う要である旧ルニングス領」

それは先の戦争で実効支配し、交渉で法的にも手に入れることができた筈だ。

「次は私達に必要なもの。最も愛する人であるアルティミア」

それは、手に入れるのは難しかっただろうが……親友として在り続ける事はできた。

「そして、最後の一つは……この世界に必要なもの」

それこそが、王都を襲撃させた理由だとクラウディアは言いたげだ。

しかし『世界』という……国よりも巨大なものを引き合いに出す事柄が、アルティミアには想像がつかない。

「王都襲撃とここでの戦いで私達姉妹の身柄や命を奪うことで、王国を分裂させると言っていなかったかしら？　それは嘘……ではないのよね？」

「それもありますわ。必要なものを手に入れるには、王国……というよりも王都を手中に収めていた方が余程に都合は良いのですもの。それに、余計なことをしそうなカルディナを抑えるためにも、王国から得られるものは得ておいた方が得策ですわ」

「……アナタが言う、世界に必要なものとは何かしら？」

「…………」

アルティミアの問いに、しかしクラウディアは沈黙する。

「……あなたに秘密や嘘を作りたくはないのですけれど。こればかりは話していいものか悩みますわ」

「どういうことかしら？」

クラウディアの態度、はぐらかそうとしている訳でなく、真剣に話していいものか考えているようなその態度に……アルティミアは重ねて問いかける。

「だって、あなたが管理者に消されるかもしれませんもの」

それに対するクラウディアの答えは、彼女の身を案じるものだった。


「……管理者？」

「私やあなたのような国の中枢を、消しはしないかもしれない。私も知ってはいても消されてはいない。けれど、このことを広めれば……あちらの判断も変わってしまうかも。そう考えたら……誰にも言えませんでしたわ」

「けれど、私はそれを聞きたいわ。アナタがこうまでした理由を」

「……そう。なら、抵触しないと思われる範囲で教えますわ。それでも、危険かもしれませんけれど」

クラウディアはそう言って一呼吸置く。

そして、空を見上げながら彼女の理由を述べ始めた。

「この世界、おかしいとは思いませんの？」

「？」

「まるで、元々あった遊戯盤に別の遊戯のコマを並べたような……。けれどそれが混ざり合ってしまっているような違和感ですわ」

　クラウディアの言葉は、アルティミアにはまだ理解がしづらいものだ。

　しかしなぜか、父の遺した『〈マスター〉が特別である』という教えが思い出される。

「本来は、一種のみで完結していたはずですわ。けれど、今の管理者の介入によって、元々存在しなかった駒と仕組みが加わった。世界の混乱とリソースは増大し、その中で今の管理者は望むべき結果を出そうとしている」

　そこまで述べて……まだ自分とアルティミアが無事であることを確認してから、クラウディアは言葉を続ける。

「けれど、これは新しいものが加わっただけ。この世界が本来迎えるべきだった結果を導くものは、前の管理者が残した厄災は消えていませんわ。だと言うのに……今の時代はあまりにも足りていませんもの」

「クラウディア、アナタは何を言っているの？」

「……【聖女】は奪われ、【勇者】は殺され、【先導者】は見えず、【妖精女王】と

【征夷大将軍】は衰え、大陸中央の【宝皇】は失われた。……健在なのは、【機皇】と【聖剣姫】だけですわ」

彼女が何について話しているのか、アルティミアには分かった。

他ならぬ彼女も含めた……各国に伝わる特殊超級職のことを言っているのだ、と。

（……けれど、どうして【龍帝】については言及しないの？）

黄河の特殊超級職である【龍帝】の名だけ、クラウディアは口にしなかった。

しかしその疑問を口にするより先に、クラウディアは己の理由を締めくくる。

「そして超級職も多くはティアンの手から離れた。いずれ来る厄災、……〈終焉〉に今のティアンが勝てるかは疑問ですわ。だから、私はあれがいるだろう王都を襲撃したの……。そうすれば、必ず見つかると考えたから……」

クラウディアはそうして理由を言い終えた。

だが、それはやはりアルティミアには理解できない部分が多すぎる。

あるいは、管理者という存在を警戒して理解されないように述べたのか。

ただ、クラウディアが〈終焉〉なる存在と戦おうとしていることだけは理解できた。

その上で、問わねばならないこともある。

「なぜ、〈マスター〉を含めないの？」

〈マスター〉、特に〈超級〉の力は凄まじい。

それぞれが特殊超級職であるアルティミアに比肩する。

何と戦おうと、〈超級〉を含めた〈マスター〉がいるのならば……敵うだろう。

クラウディアにもベヘモットをはじめとした強大な〈マスター〉が味方についているのだから、それを戦力とすることもできるはずだ。

「……不可能ですわ」

しかし、クラウディアは首を横に振る。

「だって、そればかりは……無関係なんですもの」

「無関係？」

「〈終焉〉はこの世界本来の目的に関わるものですわ。だからこそ、異邦人である彼らでは該当しない。そして……関与もできませんわ。そうでなければ管理者が……」

クラウディアは言いかけて、口をつぐむ。

そこから先の言葉は、明らかに抵触すると判断したからだ。

それ以上に言えることはないと、クラウディアは視線でアルティミアに伝えた。

「…………」

彼女から齎された情報は、アルティミアに理解が及ぶものではない。

ただ、この世界にとって極めて重要であり、嘘の一つも混ざってはいないことだけは理解できた。

彼女がなぜ『この世界本来の目的』や〈終焉〉といった存在を知っているのか。

そもそもそれらが何であるのか。答えの一端は、襲撃の渦中であった王都の中にあるのかもしれないとアルティミアは感じた。

「……王都に、何があるというの？」

アルティミアは地平線の先、王都の方角へと視線を向けた。

しかし国境地帯からではそこで起きた出来事も、そこにあるものも……窺い知ることはできなかった。

『クラウディア！』

クラウディアの話が一区切りしたタイミングで、彼女達の前に二人の人物が現れた。

それは五体満足のべヘモットと、その横を歩く月夜の姿であった。

「…………」

レイ達の姿がないことと、まるで回復魔法をかけられたばかりのようなべヘモットの姿。

そこから、アルティミアは一つの結論を導き出す。

「……裏切ったわね、扶桑月夜」

どうやって【契約書】を掻い潜ったかは分からなかったが、日頃の行いもあってアルティミアは月夜が裏切ったと判断した。

確信と殺意の籠もったアルティミアの言葉に、月夜は慌てて首を振る。

「ちゃ、ちゃうからー!? ちゃんとレイやん達と一緒に戦ったし、勝ったんよ!? うちと【獣王】だけ生き残ってもーたけど、治療の対価に【契約書】で動きは封じてるから安全なんやって!」

その言葉に、アルティミアは振るいかけた刃を下ろした。

それは月夜の言葉に一応は嘘がないことを確認したのと、もう一つの事実が理由。

「レイは……本当に死んだのね」

シルバーが消えた時点で薄々察していたことだが、そのことにアルティミアの気持ちは自分でも不思議なほど沈んだ。

「でも〈マスター〉だから近々戻ってくるえ?」

「……そうね」

その言葉にアルティミアは『そうだった』と安堵するが、同時に先ほどのクラウディアとの会話の内容を思い出しもした。〈マスター〉は異邦人であり、〈終焉〉に関与できないという……今は完全には理解できない言葉を。

「……それで、契約の内容は？」

「【獣王】とその〈エンブリオ〉は、一ヶ月の間は王国のティアンと〈マスター〉に危害を加えられへん。あと、王都テロの停止をそこの人が命じればええって感じや。代わりに、そこの人の治療も込みやけどな」

情報を伝えないだけで嘘は言っていない。

治療費として五〇億リルせしめたことは口に出さなかった。

「そう。テロの撤退指示は既に下されたそうだから、……クラウディアの治療が済んだら【獣王】が彼女と一緒に逃げるのね」

あの小さな体でどのようにクラウディアを連れて逃げるのかという疑問はあるが、〝物理最強〟ならばそのくらいはできるのかもしれない。

それを止めようにも、奥義の使用で疲弊したアルティミアではベヘモットを止められない公算が高い。

「痛み分けって感じやね。じゃあ治療始めるわー」

そう言って、月夜はクラウディアの治療を始める。

その言葉に対し、アルティミアは口中で静かに呟く。

「……痛み分けでは、ないわ」

結局、この講和会議は失敗に終わったのだから。

戦争を止めると思っていたこの会議は戦闘に至り、王都も襲撃を受けた。アルティミアや妹達が無事で、皇国側を撤退に追い込めたとしても、被害を受けた王国の敗北と言える。

「アルティミア」

彼女がそう考えていたとき、治療を受けている最中のクラウディアが声をかけてきた。

「私達はまだ退けませんわ。確認できた以上、王国は手に入れなければなりませんもの」

「…………」

「けれど、全面戦争とこれ以上の人的被害は避けましょう」

そして、アイテムボックスから何かを取り出して、アルティミアに投げる。

それは丸めた巻物のようであった。

「これは……【誓約書】？」

それは国家間の取り決めに使う、最上位の【誓約書】。

「ええ、それはプランC。プランAが見破られて破綻し、プランBで私が負けたときのために用意していたものですわ」

「……今度は何を仕掛けたのかしら」

「何も、」

クラウディアは、アルティミアの目を真っ直ぐに見ながらそう言った。

「一切の罠も嘘もない――戦争の申し込みですわ」

《真偽判定》が反応しない言葉に、アルティミアは手元の【誓約書】へと目を落とす。

「けれど、これ以上はティアンに犠牲を出したくないという思いも分かりますわ。私も、今回の王都襲撃で見つけるべきものは見つけられましたから、これ以上は無駄に王国のティアンを攻撃するつもりもない。ですから、そのように行いましょう」

そう言ってクラウディアが指差した【誓約書】には、こう書かれている。

「『〈マスター〉のみが参加する戦争』、ですって……？」

その文面に、アルティミアは驚愕した。

「ええ。時期と、場所と、ルールを定めて、〈マスター〉のみで行う戦争。死人が出ない戦争ですわ」

「…………」

理屈は、アルティミアにも分かる。皇国側に戦争を止めるつもりがなく、戦争に至らねばならないのなら……まだこちらの方がいい。

〈マスター〉の総戦力では劣るが、それでもティアンも交えた全面戦争よりは勝ち目があり、被害も確実に少なくて済む。

だが……どこかしこりを感じる提案でもあった。〈マスター〉のみを戦争の道具とする……かつて父が忌避した事柄そのもののようであるからか。

「決闘競技のようなものですけれど、こういったことは〈マスター〉達の方が理解しやすいかもしれませんわね」

その言葉に、ベヘモットと月夜は二人共が似たようなことを思った。

〈Infinite Dendrogram〉をゲームと思わぬメイデンの〈マスター〉である二人にとって、クラウディアの提示した戦争はこれまでよりも遥かにゲーム的と思えたからだ。

しかし……悪くはない手法だとも考えた。

「そしてこの戦争……賭けるものは王国と皇国の全て、ということになりますわね」

「……そんな決断を、この場で下すことはできないわ」

「ええ。構いませんわ。同意の可否だけでなく、細かなルールの取り決めや場所の選定もありますし、後日ホットラインで条件を詰めることにいたしますわ」

そうして、治療を終えてクラウディアは立ち上がる。【アルター】で切られた回復不可能の傷は、クラウディアが自ら周辺の体組織ごと抉り直し、治療を受けることで完治した。【女教皇】の月夜がおり、傷が脇腹であったことで辛うじてこの回復方法ができた。もしも傷が致命部位であったならどうしようもなかっただろう。

また、義肢だった腕も生身に戻っている。

「ああ。指先が温かいと感じるのは久しぶりですわね」

ベヘモットを抱きかかえて、クラウディアはそう言った。

次いで、ベヘモットを肩に乗せてから……代えの槍を取り出した。

「それに、槍も手に馴染みますわ」

その言葉に、アルティミアは気づく。もしかすると、クラウディアはあれでも本来の彼女より槍の技巧が落ちていたのかもしれない、と。

「アルティミア、今このように言うのは卑怯ですけれど……戦争ではなくここで私を捕えるか……殺して終わらせる手もありますわよ？」

「………………」

捕縛を考えなかった訳ではない。

逃走を防ぐのは難しいかもしれないが、可能性はゼロではない。完全に回復して万全のクラウディアとはいえ、【翡翠之大嵐】は破損し、ベヘモットは手を出せない。

対して、疲弊しているとはいえアルティミアと【黄金之雷霆（ゴルド・サンダー）】、さらに未（いま）だ無傷の月夜がいる。敗れる恐（おそ）れもあるが、勝算はある。

「やめておくわ」

だが、それはできない。

それをしたとき、彼女と共にあるベヘモットがどう動くかが分からないからだ。

今は……一ヶ月の間は危害を加えられない。

しかしそれが解けたとき、クラウディアが死ぬか捕らわれるかしていれば……全力で王国中を暴れ回る危険がある。

皇国の利益や国際関係も一切考慮（いっさいこうりょ）せず、何度でも蘇（よみがえ）ってそれを行う。

自らの〈エンブリオ〉と分断された状態で〈超級（スペリオル）〉の月夜を含む王国側戦力と戦い、壊滅（かいめつ）に追い込んだことが……ベヘモットの脅威（きょうい）を保証してしまっている。

皇国もクラウディアを害されれば、暴走する【獣王】を指名手配することはないだろう。

むしろ、それを引（ひ）き鉄（がね）に全面戦争に突入（とつにゅう）する恐れもある。

講和会議で避けたかった最悪のケースがそこにある。

それを避けて皇国との事を収めるには今回のような講和会議か、……クラウディアの提案した全てを賭けた戦いに勝つしかない。

（……ああ、戦争の提案を呑まされる前提で考えているわね）

それが分かっていて、クラウディアもああ言ったのかもしれない。

アルティミアの親友であり、アルティミアを愛する者だが、同時に皇国の王であり、悪辣かつ冷徹に狡知を巡らせる存在でもある。

「それでは今回の敗者らしく、退散いたしますけれど……」

しかし、クラウディアはそこで言葉を切って、ジッとアルティミアを見つめた。

「どうしたのかしら？」

「いえ、大好きなあなたの顔を目に焼きつけたかっただけですわ。直接顔を合わせることも、しばらくはないでしょうから」

「そう」

そのことに関して、アルティミアは特にコメントしない。

強いて言えば、狡猾な皇王ではなく学生時代の彼女のようだ、と思ったくらいだ。

「それでは、ごきげんよう」

そうしてクラウディアは落ちていた【翡翠之大嵐】の残骸をアイテムボックスにしまい、ベヘモットと共にその場を去っていった。

「…………」

クラウディアは親友であり、好敵手である。

けれど次はきっと剣と槍ではなく……王として雌雄を決することになるだろう。

そう思いながら、アルティミアはクラウディア達を見送ったのだった。

□■国境地帯・荒野

クラウディアは、不測の事態に備えてフランクリンに皇都での待機を命じた。

シュウは、フランクリンが国境地帯のどこかに隠れながら、シュウと戦っている巨大改造モンスターを放出したのだと考えた。

しかし、フランクリンはそのどちらにもいなかった。

「ある程度、予想どおりの結果にはなったということだねぇ」

フランクリンは……バルドルと相対する巨大改造モンスター、【メカニクス・ゴッド・ディラン】の胸部に収められたコクピットの中にいた。

なぜこの場にフランクリンがいるのかといえば、彼女自身の勘と判断によるものである。

彼女が【車騎王（キング・オブ・チャリオッツ）】マードック・マルチネス大佐と共に待機を命じられた理由は、講和会議中の他国の動きに対応するためだ。

しかし、ここで言う他国が現在は想定敵として機能していない。

皇国を囲む国は三つ。

南の王国、東のカルディナ、そして北と西の海を支配するグランバロアである。

だが、この内の二つ……カルディナとグランバロアが、カルディナ国内に流れ込んだ黄河の国宝である〈UBM〉の珠を理由に武力衝突に至った。

グランバロアは陸上で活動可能な全ての〈超級〉をカルディナに派遣したため、皇国を攻撃する可能性は極小。

対するカルディナもグランバロアへの対応に戦力を割かれている。

そして悪いことは重なると言うべきか……混迷するカルディナにはさらなる混乱の種が舞い込んだ。大陸南西にあるレジェンダリアからも極大戦力が二人……珠を求めてカルディナに入ったことが確定したのである。

一人は〈超級〉、クランランキング一位〈YLNT倶楽部〉オーナー。

二重の児童性愛癖を持つ、『最もレジェンダリアらしい』と言われる怪人。

〝児童機会（チャイルドプレイ）〟【呪術王（キング・オブ・カース）】LS・エルゴ・スム。

もう一人は〈超級〉ではないが、三種のランキング全てに名を連ねるトリプルランカー。

総戦力ならば〈超級〉に匹敵（ひってき）するレジェンダリア最強の準〈超級〉。

〝決闘者（デュエリスト）〟【召喚姫（サモン・プリンセス）】天空院翼神子（ヨミコ）。

流石（さすが）にこの状況（じょうきょう）で外部を攻撃する余力は、カルディナも持ち合わせてはいない。

だからこそ、フランクリンはマードックのみを残してここに来ている。

それは監視（かんし）によるデータ蒐集（しゅうしゅう）もあったが、最大の目的は別だ。

彼女が留守番を承諾（しょうだく）した理由である、彼女の切り札の最終調整。それを行うに当たって、場合によってはこの戦場こそが最も有益なテストができると踏（ふ）んだからだ。

それでも本来は表に出るつもりもなかったが、雲行きが変わり、それこそ絶好と言ってもいいシチュエーションになった。

だからこそ、彼女と【ＭＧＤ】はバルドルとの交戦を行っている。

「【破壊王】のバルドルは《キメラテック・オーバード》の対象外。【獣王】のレヴィアタンは対象内。バルドルも含（ふく）まれればよかったけれど……まぁ、生物じゃないしねぇ」

《叡智（えいち）の解析眼（かいせきがん）》で、他ならぬ【ＭＧＤ】の状態をチェックしながら何事かを呟く。

「これで戦争のときはバルドルとの一対一（ワン・オン・ワン）だけは避けなきゃならないって分かったよ。まあ、やっぱりここで確認にきてよかったってことかねぇ。両者が一対一で戦うようなこの戦場じゃなきゃ、安全マージンを考えたチェックはできなかったから。上限が問題ないことは、閣下の【ゼロオーバー】で分かっていたけれど」

独り言というよりは分析結果の口頭確認。

しかし、それはフランクリンにとって満足のいくものであったらしい。

「それでも、最初から出てたんじゃ戦いを邪魔されたレヴィアタンにも襲われてた。でも、今の彼女は【獣王】の救出に躍起になってる。この状況なら援護する私を敵に回しはしないからねぇ……っと」

不意に、【MGD】のコクピットが大きく揺れた。

「ふむ、やっぱり【破壊王】はステータスだけでなく、戦闘技術もひどく高いのかねぇ」

そんな風に呟くが、しかしそれは【破壊王】の……必殺スキル使用状態のバルドルの攻撃を受けても、【MGD】がまだ耐えているということだ。

フランクリンがパンデモニウムでなくこの【MGD】の中にいる理由も、それだ。

光学迷彩で姿を隠せるパンデモニウムよりも、姿を晒していてもなおこの【MGD】の方が安全だと確信しているからである。

隠れている自分が倒されれば【MGD】も消える。そんな間抜けな退場はフランクリンも御免だった。

　もっとも、フランクリンは自分の乗る【ＭＧＤ】とバルドルの戦闘速度にまるでついていけないため、戦闘は【ＭＧＤ】自身に任せきりだったが。

　それどころか、コクピットが中空の慣性消去構造でなければ、脆弱なフランクリンは乗っているだけでも衝撃で命を落としたかもしれない。

（超々音速の格闘戦なんて、ＡＲ・Ｉ・ＣＡでもやらないでしょうね）

　そんなことを考えていると、またも【ＭＧＤ】が揺れた。

　被弾頻度が上がっていることを疑問に思い、フランクリンは周囲を確認する。

「……ん？　そういえば、さっきからレヴィアタンが動いていない気がするねぇ。攻撃もしていないし、【破壊王】もそれに気づいているのかこっちにだけ仕掛けている」

　そこでようやく気づいたように、フランクリンは周囲の状況を把握する。

　戦闘速度に全くついていけないため、超々音速で暴れ回る他の二体の行動がリアルタイムでは見えていなかった形だ。

「とすると、あれはやっぱり戦闘行動禁止の【契約書】か何かだったわけだ」

　議場で月夜とベヘモットが何事かを行っているのは見えていたが、ベヘモットを警戒して遠くからの監視であったため音声は聞こえていない。

しかしそれでも、現在のレヴィアタンの動きから凡その内容を察した。

「さて、向こうはどうなったかねぇ」

国境地帯周辺に飛ばしていた偵察モンスターからの情報を精査していると、クラウディアとベヘモットがアルティミア達に背を向けて去る姿が見当たった。

「ふむ。陛下と【獣王】は退いた。なら、こっちもそろそろ撤退時かねぇ。……っと」

被弾が続き、また揺れる。ここでバルドルが倒せるようならば、そのままフランクリンの戦力で議場を含めて制圧する手もあった。

だが、レヴィアタンが参戦しない一対一となれば勝敗は読めない。

「ステータスは問題なく勝っているはずなんだけどねぇ。内蔵兵器の類も初見だろうに捌くし、……本当に性質の悪い相手ね」

ギデオンでの顛末を思い出し、少しだけ憎々しげに呟いた。

「ディラン、現在勝率は？」

『推定六六%。当方の被弾率は上昇していますが、敵機のダメージも増大。左前腕部脱落や火器の動作不良を確認済みです。ただし、現在確率は敵機の露見情報のみであり、隠匿情報は含まれません』

フランクリンが呼びかけると、【MGD】の制御人格であるディランがそう応えた。

「六六か。でも、奥の手が何かにもよるねぇ。……単にパワー馬鹿ってだけなら【ＭＧＤ】が勝つけれど」

　このまま続けられれば勝算はあるが……。

『警告。レヴィアタンが《キメラテック・オーバード》の効果圏外に出ます』

「ああ。そりゃまずいねぇ。現状でこれなら効果が切れたら殺されかねない」

　このまま、ではなかった。必要な条件の一つが、この戦場から離れてしまう。

　そうなれば、勝率は著しく下がるだろう。

「ま、見せ札としちゃ十分。こっちにまだこんなものがいると分かっていれば、王国も軽々に反撃には出られない。こっちも撤退だ」

『よろしいので？　このタイミングでの撤退は、戦闘状況から《キメラテック・オーバード》が解析されかねませんが』

「構わないさ。今回の戦闘だけで、何が分かるものかねぇ」

　フランクリンはそう言って笑い、

「それに……【ＭＧＤ】の機能はタネが分かっても『だからどうする？』ってタイプだからねぇ。今回で【破壊王】だけは負けの目があるって分かったけれど、それ以外はどうとでもなる。それに……」

【ＭＧＤ】の光学センサーが捉えているレヴィアタンの姿を見ながら、呟く。

「どうせ次回は……全力の【獣王】がやるだろうからねぇ」

ゆえに、フランクリンが今後の戦争で【破壊王】を相手取る必要はない。

フランクリンが相手取るべきは他の〈超級〉。

そして……。

「……しかし困るねぇ。こっちが叩き潰す前に死んでくれちゃって」

フランクリンは、一人のルーキーの姿を……彼が死に至った姿を思いだし、舌打ちする。

「映像記録はとってあるけれど、ここで彼を落としても仕方ないんだよねぇ……」

バルドルとレヴィアタンの戦いだけでなく、議場での戦いもフランクリンは記録している。超音速機動ゆえに通常は捉えるのも難しいが、フランクリンの改造モンスターは伊達ではない。ブレている場面も多いが……それでも大まかに何が起きたかは理解できる内容になっている。

それを編集やコメントでレイの評価を下げる内容にすることは出来る。

が、フランクリンはそれを選ばない。

「よし、動画では思いっきり持ち上げてあげましょう。『あの【獣王】を相手に互角！』と言えば大盛り上がりは確実だもの」

あることを思いついて、フランクリンは笑(え)みを浮(う)かべる。

「持ち上げて持ち上げて……」

そして、

「——私の手でドン底にまで叩き落としてあげる」

最も笑みを深くして、そんなことを呟いたのだった。

接続話 もう一つの物語

□■国境地帯

結局、【光王(キング・オブ・シャイン)】エフはこの国境地帯での全ての戦闘を観察し……観察のみで終えた。

同様に覗(のぞ)いていたフランクリンのように介入することもなく、徹頭徹尾(てっとうてつび)眺(なが)めていただけである。

それは介入する必要がないほどにそれぞれの戦いが彼にとって有意義であったとも言えるし、レイの戦闘に関する考察や自身の感想の整理を優先した結果とも言える。

――何より、議場周辺の戦闘に介入する手段がなかったためでもある。

既(すで)に終結しかけている現状でも、手元のメモ帳には忙(いそが)しく文章が記され続けている。

(こちらに来て正解だった)

映像越しでなく、直接視認した価値は大きい。撮影者の技術や主観、編集で左右される動画よりも、より多くの感情を観察できたはずだからだ。

特に、以前にアップロードされたレイと【魔将軍】の動画よりも、今回の【獣王】との戦いを比べれば顕著と言える（余談だが、その動画投稿者はフランクリンである）。

そうしてメモを取る間に国境地帯の全戦闘が終結した。

（さて、これから調べるべきは王都の事件の顛末か）

講和会議の二日前から、エフは王都でも事件が起こることを知っていた。

なぜかと言えば……王都襲撃の下手人から勧誘を受けたからである。

悪名高き犯罪クラン〈ＩＦ〉。その中でも【魂売】ラ・クリマの配下を名乗る改人達から、『我々同様に〈ＩＦ〉のサポートメンバーとならないか』、と。

結論を言えば交渉は決裂した。

勧誘をかけてきた者達が彼を襲ったので、全員返り討ちにしてもいる。

その渦中で今回の王都襲撃についてもエフは知ったのである。

どちらを見物するか悩んだものの、結局はレイの存在が最大の要因となってこちらを優先した。

（参戦するであろう〈超級〉の数からしてもこちらで間違いはなかったと思うが、やはり

気にはなる。……あんな者達を、〈IF〉がどれほど投入するかも含めて）

今回の講和会議での戦闘に対し、エフは愛闘祭のような介入を行わなかった。理由は必要がなかったこととメモを優先したこと、——そして戦力がなかったことだ。

なぜなら……彼の〈エンブリオ〉であるゾディアックの殆どは、内蔵した光エネルギーが空になっている。

交渉決裂した改人達との戦いで、使い切った。

王国遠距離戦最強の準〈超級〉であるエフが、戦力を使い切るほどの手合い。

そんな恐るべき戦力が、王都襲撃に投入されている。

（……ふむ）

エフはふと気になって、自らの視点になっているゾディアックの高度を上げる。

そして地平線の先にある王都も見える高さになってから、王都方面に視野を向けた。

無論、そんな遠距離では王都の様子など窺うことはできない。

しかしこのときに限って言えば……王都の異変ははっきりと視認できてしまった。

王都の中心から——巨大な火柱が上がっていた。

かつて〈超級激突〉で見せた迅羽の《真火真灯爆竜覇》よりも遥かに巨大で、天高く上る異常な火柱。そんなものが、王都から吹き上がっている。

まるで、王都に最後の日が訪れたかのように。

「…………」

自ら考えた末にこちらの観戦を選んだエフだが……王都で何が起きているのかを気に掛けずにはいられなかった。

□■管理AI一号作業領域

『……はぁ』

未だ議場周辺での戦闘が続く最中、クロノ・クラウン……いや、管理AI十二号ラビットは少しバツの悪い様子で、アバターの待機スペースに帰還した。

かつての〈マスター〉を模すようにリクエストして作らせたアバター……カシミヤによって首を断たれたアバターではなく、受付用に管理AI達に用意されたものだ。

いかにも時計ウサギという、ぬいぐるみ然としたアバターだ。彼は忙しいのでメイキング受付などするものかと考えていたが、このように時々使わねばならぬこともある。

『……これで戦争か。時間が潰れるけれど……仕方がない』

自らのリソースを割き、自由を失う戦争。そこに至らないように権限のギリギリで活動していたが、結果として権限の通り……第六形態の〈マスター〉と戦って、敗れた。

こんな無茶をした自分のアバターをアリスはしばらく再生しないだろうから、もう止めることもできない。

戦闘でカシミヤという類稀な存在の技巧を目撃し、天に召されている〈マスター〉への思い出話の一つもできたので、それも含めて納得しようとしていた。

『……うん？』

ただ、彼が帰還した作業領域の様子が少しおかしかった。

てっきり自分に説教の一つ二つはするかと思われた同僚達の姿がない。

不思議に思いその姿を捜すと、ラビット自身と彼に敵対したチェシャ、こうした場所に入れないバンダースナッチ、……そしてドーマウス以外の全員が一ヶ所に集まっている。

かつて【グローリア】が王国に襲来した際にも使用した、一種のモニタールームに。

『何かあったのかい？』

ラビットが適当な同僚——肉食系獣人に似た姿のクイーンに話しかける。

「おかえりラビット。……やっぱり可愛い見た目だな」

『うるさいよ。それで、どうしたのさ』

「方針で少し揉めている。特に、ドーマウスとハンプティがな」

見れば、通信越しに両者が口論している様子が見て取れた。

言葉と同時に、情報を送信し合って演算シミュレーションでも口論している。

『へぇ。珍しいね』

ラビットがそう言うのは、ドーマウスがあまり同僚と揉めることがないからだ。

もっとも、同僚間での諍いなど体感時間で何千年も共に仕事している内になくなっていったが。

今回のラビットとチェシャの一件はそれなりに例外だ。（そもそもラビット自身が精神的には他よりも『若い』というのも理由の一つだ。番号が最も若く、人に関わることが多いチェシャも同様である）

『理由は？』

「リスク排除のためにリスクを負うか否かだ」

『……説明になってない』

「まぁ、具体的に言えば――今後の厄災（やくさい）の種を王都ごと消し飛ばせる機会が来たがどうする、という話だな」

『…………』

どうやら王都では余程（よほど）のことが起きているらしいと悟（さと）った。

『……それ、講和会議の前に言ってほしかったよ』

戦争潰すならそちらに参加すべきだったかもしれないと、ラビットは少しだけ思った。

同時に、講和会議にまつわる事件は、議場周辺だけでは終わらないのだとも理解した。

そして物語は別の側面――レイや王国の〈超級〉不在の王都へと移る。

事件は――まだ終わらない。

To be continued

あとがき

熊『あとがきの時間クマー。クマことシュウ・スターリングクマー』

狐「狐こと扶桑月夜やー。二人合わせて生存者コンビやね！」

熊『……ふんぬ！』

狐「ちょぉ!? 急に裏拳ってどういうことなん！ ツッコミにしても厳しいわぁ！」

熊『本編でしれっと金儲けしてた奴への制裁クマ』

狐「せ、せやけどあれで【獣王】の財布が減れば、皇国経済にもダメージが……」

熊『言い訳苦しいクマ！ 木断！』

狐「《陽寝墨の皮衣》！」

シュウの放った蹴りに対応し、月夜は夜の衣を纏う。

シュウは減算されようとそれ一枚ならば突破できると判断して蹴りを止めない。

だが、そこに更にもう一枚……夜の壁が形成される。

それこそは《月面除算結界》のバリエーション、〝鉢〟。

シュウと月夜の間に発生した夜の壁は、彼を取り囲むように聳え立っている。

彼は咄嗟に壁から遠い中央部分へと飛び退くが、壁は徐々にその半径を狭めていく。

三六〇度から迫る脅威は、遠からずシュウを捉えるだろう。

かと言って飛び越えようとすれば、遠距離攻撃の〝燕〟で狙い撃たれる。

しかしシュウは迫る壁に対して、不敵に笑う。

左手に自らの〈エンブリオ〉であるバルドルの第一形態を装着して……。

狐「ちょい待ち⁉　ここあとがきなんよー！　ストップストップ！」
熊『……むぅ、本編でもお見せしてないドリームマッチ始まりそうだったクマ』
狐「困ったもんやねぇ。〈ノズ森林〉焼いたときとええ、熊やんたまに過激やわぁ」
熊『常時アコギなお前に言われたくないクマ』
狐「ひどいわぁ。あ、そうしてる内に作者のコメントタイムの時間やね」

読者の皆様、ご購入ありがとうございます。作者の海道左近です。

世間ではコロナウィルスの影響が続いておりますが、皆様は大丈夫でしょうか？

全国各地で様々な催しが中止になっています。デンドロもコンテンツとして影響を受けている部分はありますが、今は我慢の時期だと納得しています。

来年、あるいは再来年は元通りにイベントができるようになることを祈っています。

さて、この十四巻はレイと〝最強〟の初対決であり、間違いなくレイがこれまで戦ってきた中で最強の敵との死闘でした。

結果を勝利とするか、敗北と見做すかは、読む人で判断が分かれるかもしれません。

作者として言うことがあるとすれば、レイは守るべきものを守ったということです。

本文以外への言及ですが、十四巻のカラーページはどちらも上級となったネメシスが描かれています。上級メイデンになって衣替えしたネメシス、そして第四形態黒翼水鏡。

どちらもタイキさんに素晴らしいデザインをしていただきました。感謝しています。

十四巻。刊行年数で言えば四年になりますが、彼女の成長が見えるようです。

まぁ、中身は特に変わっていないのですが……。


原作以外の話になりますが、外伝作品クロウ・レコードは初長編であるガイリュウオウ編が無事終了。出たばかりの最新号では、コミカル&水着のウォーターサバイバル編が始まっていると思われます。シリアス連打で疲れているので思いっきりコミカルにします。

コミカライズ版はフィガロと迅羽の試合が終わり、ついにフランクリンオンステージです。フランクリンの台詞を松岡禎丞さんの声で脳内再生すると楽しいかもしれません。
今後もインフィニット・デンドログラムシリーズをよろしくお願いいたします。

なお、十五巻は二〇二一年二月発売予定です。
講和会議の裏で進行中のもう一つの事件を、お楽しみに。

海道左近

狐「しれっと作者が次巻予告持っていきよったわ！」
熊『ま、俺達はこれまで何回もやってるし別にいいクマ』
熊『……そういえば、チェシャと迅羽はどうしてるクマ？』
狐「チェシャは急用があるゆーてすっぽかしてな」
狐「迅羽はなんや十五巻でえらい忙しそうで連絡つかへんのや」
熊『……デジャブを感じるクマ』
狐「そんなわけで今回は人数少ない感じやったけど、十五巻もよろしゅーなー」
熊『よろしクマー』

発売予定!!

追放された落ちこぼれ、辺境で生き抜いてSランク対魔師に成り上がる1

著者／御子柴奈々
イラスト／岩本ゼロゴ

追放された劣等生の少年が異端の力で成り上がる!!

仲間に裏切られ、魔族だけが住む「黄昏の地」へ追放された少年ユリア。その地で必死に生き抜いたユリアは異端の力を身に着け、最強の対魔師に成長して人間界に戻る。いきなりSランク対魔師に抜擢されたユリアは全ての敵を打ち倒す。「小説家になろう」発、学園無双ファンタジー！

HJ文庫 http://www.hobbyjapan.co.jp/hjbunko/
901

〈Infinite Dendrogram〉-インフィニット・デンドログラム-
14.〈物理最強〉

2020年10月1日　初版発行

著者——海道左近

発行者—松下大介
発行所—株式会社ホビージャパン

〒151-0053
東京都渋谷区代々木2-15-8
電話　03(5304)7604（編集）
　　　03(5304)9112（営業）

印刷所——大日本印刷株式会社／カバー印刷　株式会社廣済堂

装丁——BEE-PEE／株式会社エストール

Printed in Japan
ISBN978-4-7986-2322-1　C0193

ファンレター、作品のご感想
お待ちしております

〒151−0053　東京都渋谷区代々木2−15−8
(株)ホビージャパン HJ文庫編集部 気付
海道左近 先生／タイキ 先生